Mentiras inocentes

Dirección de arte: Trini Vergara
Diseño: María Inés Linares
Ilustraciones: Muriel Frega
Traducción: Nora Escoms
Edición: Cristina Alemany - Soledad Alliaud
Colaboración editorial: Silvina Poch - Angélica Aguirre

Copyright del texto © Cathy Hopkins 2002

Esta traducción de *White Lies and Barefaced Truths*, de Cathy Hopkins, publicada por primera vez en el Reino Unido en 2002, es editada mediante un acuerdo con Piccadilly Press Limited, Londres, Inglaterra.

© 2007 V & R Editoras
www.libroregalo.com

Argentina: Demaría 4412 (C1425AEB), Buenos Aires
Tel./Fax: (54-11) 4778-9444 y rotativas • e-mail: editoras@libroregalo.com

México: Av. Tamaulipas 145, Colonia Hipódromo Condesa,
Delegación Cuauhtémoc, México D. F. (C.P. 06170)
Tel./Fax: (5255) 5220-6620/6621 • 01800-543-4995
e-mail: editoras@vergarariba.com.mx

ISBN: 978-987-612-071-5

Impreso en Argentina por Casano Gráfica S.A. Printed in Argentina

Hopkins, Cathy
Mentiras inocentes. - 1ª ed.
Ciudad Autónoma de Buenos Aires: V&R, 2007.
136 p.; 21 x 14 cm.

Traducido por: Nora Escoms
ISBN 978-987-612-071-5

1. Literatura Juvenil Inglesa.
I. Escoms, Nora, trad. II. Título
CDD 823.928 3

CATHY HOPKINS

Mentiras inocentes

¿Verdad o consecuencia?

V&R
EDITORAS

1
Verdad, consecuencia, beso o promesa

–¿Verdad, consecuencia, beso o promesa? –preguntó Mac mientras intentaba por tercera vez encender el fuego.

Becca se reclinó contra una roca y enterró los pies en la arena.

–Verdad –eligió.

–Bien, tienes que decirnos quién te gusta.

–¡Qué fácil! –exclamó Becca–. Brad Pitt.

–No, me refiero a alguien de aquí, del pueblo.

–Eso también es fácil –respondió Becca–. Ollie Axford.

El rostro de Mac se ensombreció mientras el fuego al fin cobraba fuerza. Aunque dice que no le interesan las relaciones, creo que siente algo por Bec. Lo he visto observarla mientras ella se peinaba. El cabello es lo mejor que tiene Becca, aunque ella no lo crea. Le gustaría tener el pelo rubio y lacio como el de Gwyneth Paltrow, pero luce más bien como una princesa escandinava con su larga melena pelirroja y su piel de porcelana.

–¿De veras estás diciendo toda la verdad? –insistió Mac.

No pude evitar reír. Era típico de los muchachos. Sólo porque Becca no dijo que le gustaba él, piensa que debe estar mintiendo.

–Sí, es la más pura verdad –respondió Becca–. Ollie Axford.

Mac se encogió de hombros.

–No sé qué le ves. Es un estirado.

–Exactamente –dijo Becca–. Por eso me gusta. Es diferente.

Repartí las *Cocas* y le di a Zoom las salchichas para que las cociera. Era un alivio que no me lo hubieran preguntado a mí. Yo también habría tenido que responder que era Ollie y a Zoom no le habría gustado, menos aún a Becca. Zoom es mi novio desde comienzos de la secundaria, pero últimamente he perdido el entusiasmo y quiero algo más. Zoom me resulta demasiado familiar; crecimos juntos. Y no es que no me guste. Me gusta, sí, pero ha llegado a ser más bien un compinche, como un pariente, incluso un hermano. Y ¿quién quiere besarse con su hermano? Ajjj. Tiene que haber algo más. Becca no es la única que ha reparado en Ollie. Nombre completo: Orlando Axford. Hijo de Zac Axford, famosa estrella de rock norteamericano que vive en Barton Hall. Todo el pueblo siempre está hablando de ellos, porque son superfascinantes. Viven en una casa alucinante, más bien una mansión, con un terreno enorme con caballos y perros, y hasta tienen un perro chino con cola de cerdo. Lo vi una vez por el portal, cuando fui con mi papá a entregar mercaderías. La Sra. Axford es bellísima. Solía ser modelo, y Ollie es el chico más buen mozo que yo haya visto. Jamás hablé con él, pero lo he visto por ahí cuando vino a pasar las vacaciones.

–Bien, es tu turno, Cat –dijo Zoom, al tiempo que clavaba una salchicha con un tenedor y la sostenía sobre el fuego–. Verdad, consecuencia, beso o promesa.

Miré hacia el océano frente a nosotros mientras pensaba qué elegir. Estábamos a comienzos de septiembre y las clases empezaban el lunes. Terminaba otro verano en Cornwall y allí estábamos todos, el grupo de siempre, disfrutando una fiesta en la playa antes de que se pusiera el sol. No tiene nada de malo, pensé. Es un lugar muy bonito y nos divertimos mucho, pero ¿eso es todo? ¿Seguiré con Zoom hasta terminar la escuela? No. Quiero más. Y lo quiero pronto.

–Consecuencia –respondí.

Zoom sonrió.

—A ver, déjame pensar una buena. ¿A quién podrías mostrarle el trasero...?

Típico. Hasta los castigos eran previsibles: mostrarle el trasero a algún desprevenido.

—No, no —dijo Becca—. Tengo uno mucho mejor.

—¿Otra prenda? ¿Qué más quieres que muestre?

Mac, Zoom y Becca me miraron como si estuviera loca. Quizá lo estoy. Últimamente me he sentido un poco rara. Por las hormonas, tal vez. La Sra. Jeffries, nuestra profesora, lo adjudica todo a eso; por ejemplo, cuando alguien se encapricha o tiene una rabieta, dice: «Oh, son las hormonas». Todos nos reímos, y si alguien hace algo ligeramente raro, decimos: «Son mis hormonas que me están jugando una mala pasada».

—Idiota —dijo Becca—, pero si tengo una prenda brillante.

—Dila.

—La próxima vez que veas a Ollie Axford, tienes que ir y hablar con él.

—¡Hablar con él! ¿Por qué? —pregunté, temiendo por un momento que Becca hubiese adivinado mi secreto.

Becca levantó los ojos al cielo.

—Por mí, claro. Vamos, Cat, por favor, ya sabes lo buena que eres para encarar a los chicos. Y siempre les caes bien. Habla con él. Averigua si se ha fijado en mí, si tiene novia. Esa clase de cosas, y tal vez puedas mencionar, como al pasar, que tienes una amiga a quien le gustaría conocerlo.

—Ni lo sueñes —respondí—. No, de ninguna manera.

Miré a Zoom en busca de apoyo.

— Vamos, Cat, si Becca tiene semejante enganche, lo menos que puedes hacer como amiga es ayudarla.

Asombroso. Ni siquiera se pone celoso ni se siente amenazado. Está tan seguro de nuestra relación que es capaz de mandarme a encarar al chico más divino de Cornwall, si no del país entero, con toda su aprobación.

–No, olvídalo. No quiero consecuencia –dije–. Elegiré otra cosa.

–No puedes cambiar de idea sólo porque no te gusta el castigo –objetó Becca–. Es contra las reglas.

–Sí, pero lo que quieres que haga es una prenda que deberías hacer tú misma –contesté, mirando a todos con la esperanza de que alguno me apoyara. Me di cuenta de que Mac se había puesto taciturno. Lástima, porque me cae muy bien. Lleva un año viviendo aquí y aún no aterriza del todo. Siempre está hablando de Londres y de cuánto extraña su vieja escuela y a sus compañeros. Sus padres están divorciados, y él sólo es feliz cuando logra ir a visitar a su papá, que todavía vive allá, en un apartamento en Islington. Tener a Becca como novia quizá lo ayudaría a adaptarse, y estoy segura de que a ella le interesaría de no ser por Ollie Axford.

Decidí ayudarlo.

–¿Verdad, consecuencia, beso o promesa, Mac? –le pregunté.

Se encogió de hombros.

–No me importa.

–Entonces yo elegiré por ti –dije–. Beso.

–No voy a besarte, si es lo que crees –dijo, y por un momento se le iluminó la cara–. Zoom me mataría.

–Aún no te dije a quién tienes que besar –le recordé–. No, tienes que besar a Becca.

–¡Cat! –exclamó Becca, escandalizada.

Por lo general, cuando elegíamos la opción del beso, había que besar a algún compañero que no nos gustara o a uno de los ancianos del lugar. Una vez no se nos ocurría nadie, y Becca mandó a Zoom a besar un cesto de basura.

–Bueno, tiene que ser en un momento apropiado –retrocedí.

–Nunca, entonces –dijo Mac, nuevamente taciturno–. Y, de todos modos, tú no has cumplido tu parte, Cat.

–De acuerdo. Verdad, entonces –respondí.

—Cuéntanos tu mayor secreto –pidió Becca.

—En ese caso, no sería un secreto, ¿verdad? –dije, tratando de ganar tiempo.

—Reglas son reglas, y tú te acobardaste con el castigo que te impuse –insistió Becca–. Vamos, cuéntanos.

—De acuerdo –dije–. Pero ¿y si sólo te lo cuento a ti? Las reglas no dicen que tengo que contárselo a todos.

—Me parece bien –opinó Zoom–. De todos modos, ya conozco todos tus secretos.

Mac se encogió de hombros.

—Como quieran –dijo, dándonos la espalda y mirando hacia el mar. Creo que se alegraba de que yo no hubiese querido cumplir la prenda.

Después de dos paquetes de salchichas, hamburguesas y *Cocas*, iniciamos el largo ascenso de regreso por el acantilado.

—No debería haber comido esa última salchicha –dijo Becca, jadeando, al cabo de diez minutos de caminata.

—Ya falta poco –respondí, mientras la alcanzaba.

Nos detuvimos un momento para recuperar el aliento y observar la vista que se extendía ante nosotras. Kilómetros y kilómetros de costa hasta Rame Head. Aunque nací aquí, aún me encanta contemplar el mar mientras rompe en la arena, formando dibujos como de encaje blanco.

Zoom y Mac se habían adelantado y casi llegaban a la cima, de modo que decidí hablar con Becca mientras estábamos solas.

—¿No te gusta Mac? –le pregunté.

Becca se recogió el pelo en una coleta y se puso en marcha otra vez.

—Sí, claro. Pero no de esa manera. Además, él no está buscando novia y, sin duda, no le gusto. Yo hubiese querido matarte cuando me hiciste eso del beso. ¿Por qué se te ocurrió juntarme con él?

—Pensé que te gustaría. Es decir, es el tipo de chico que te gusta. Rubio, tiene una linda sonrisa y es divertido casi todo el tiempo.

–Ah, pero yo estoy apuntando más alto –respondió, con aire soñador–. Ollie Axford. Es el mejor.

–Eso es esta semana. La semana pasada era Phil.

–¿Phil Davies? Ajj. Jamás –dijo Becca–. Phil fue un desvío menor en mi plan de juego.

Tuve que reír. Para Becca, no había términos medios. Siempre estaba enamorada. Cada chico nuevo con quien se enganchaba era "el mejor". No sabía si tomar muy en serio este nuevo enamoramiento de Ollie. ¿Sería uno de sus caprichos o esta vez era de verdad?

Mientras volvía a ponerme en marcha, se me ocurrió otra cosa. ¿Por qué trataba de juntarla con Mac? ¿Era porque quería tener vía libre para poder hablar con Ollie por mí y no por ella?

–Bec.

–¿Qué?

–Ahora te contaré mi secreto.

–¿Qué es? –preguntó Becca, deteniéndose.

–¿Me prometes que no dirás nada?

Asintió.

–Creo que quiero terminar con Zoom.

En realidad, no era mi mayor secreto. Mi mayor secreto era que me gustaba Ollie. Pero tuve la precaución de omitir la palabra «mayor» y esperé que ella no se diera cuenta.

Becca dio media vuelta.

–No hablas en serio. Con razón no quisiste decirlo delante de los demás. Pero ¿por qué? Digo, ustedes dos están juntos desde... siempre.

–Exactamente. Desde que se creó el mundo.

–Entonces, ¿por qué ahora? ¿Hizo algo que te molestó?

Reí.

–No. –Zoom era incapaz de hacer algo que pudiera molestar. Es la persona más buena que conozco. Amable y considerado. No le haría daño a una mosca. Siempre es el primero en ofrecer ayuda. Generoso. Simpático. Bonito, incluso. El novio perfecto–. Quiero un cambio.

Becca me miró fijamente.

–¿Por eso te cortaste tanto el pelo?

–No te gusta, ¿verdad?

–Me encanta. Te queda mucho mejor. Pareces Meg Ryan pero con cabello oscuro. –Caminamos un poco más y luego Becca se volvió otra vez–. ¿Te gusta alguien más? ¿Por eso quieres terminar con Zoom?

Quería decírselo, sí, sí, me gusta alguien: Ollie. Pero no podía hacer eso.

–No –respondí–, no hay nadie más. Sólo quiero cambiar.

Becca echó un vistazo hacia la cima del acantilado, donde nos esperaban los chicos.

–Vas a destrozarlo. Te adora.

Seguí la mirada de Becca y Zoom nos saludó con la mano. Zoom, el encantador Zoom. Mi amigo en las buenas y en las malas. Me acompañó en todos los momentos, aun los más difíciles. Como cuando murió mi madre, y yo tenía sólo nueve años. Hace tanto que nos conocemos.

– Y ¿cuándo piensas hacerlo?

–No lo sé –respondí.

–Y ¿cómo? ¿Qué diablos vas a decirle?

–Tampoco lo sé –me sentía horrible. No quería lastimarlo. ¿Cómo iba a encontrar las palabras adecuadas?

2
Ahogándose en un vaso de agua

—No vino el ratoncito de los dientes —rezongó Emma con un amago de sollozo, al tantear debajo de su almohada y encontrar el diente que había dejado allí la noche anterior envuelto en papel tisú.

Bajé de un salto de la cama de arriba y fui a buscar a papá.

—Vete —gruñó Luke desde su cama, cuando asomé la cabeza en la habitación de los chicos—. Papá se fue al mercado.

Fui al escritorio de papá, busqué una tarjeta, escribí un pagaré y lo rocié con diamantina.

Emma no quedó muy convencida cuando se la di.

—El ratoncito de los dientes está un poco corto de dinero por el momento —le expliqué—. Tiene muchos niños que atender. Cuando haya saldado su deuda con el Banco de los Ratones, seguramente vendrá por aquí.

Emma puso cara de volver a llorar, entonces busqué mi bolso y le di los confites que había comprado el día anterior.

—También te dejó esto.

Miró mi cartera con suspicacia, como pensando por qué el ratoncito los habría dejado en mi bolso, pero los aceptó y enseguida se metió dos en la nariz. Es su último juego. Se mete caramelos en la nariz y luego sopla por ella, desparramándolos por la habitación. No, gracias, Emma, pensé mientras me quitaba un confite rojo pegajoso del brazo.

Fui abajo y puse la mesa para el desayuno. Entonces Joe (mi otro hermano) decidió hacer un experimento con la leche, poniéndose cabeza abajo y tratando de beberla al revés.

Obviamente, Emma también tuvo que probarlo, pero no lo logró y empezó a hacer sus muecas de llanto.

En ese momento, oímos un golpe fuerte en el piso de arriba. Era Luke, que apareció minutos después frotándose el brazo. Había tratado de volar desde la cama de arriba. Por suerte, no tenía nada roto. Entonces vi a Mogley, la gata, que nos miraba asustada por la ventanilla de la secadora de ropa.

–¡Ip! –chillé.

–Es su casa –dijo Emma–. Le gusta.

Al ver a Mogley arañando la portezuela frenéticamente para salir de allí, me costó creerlo. Abrí la secadora y la saqué de entre la ropa húmeda; enseguida empezó a ronronear feliz en mis brazos. Me alegré de haberla visto antes de que alguien encendiera la máquina.

Hubo paz durante unos diez minutos, mientras comíamos nuestras rebanadas de pan tostado con miel; luego los envié a vestirse. O eso creí. Poco después, Joe entró a la cocina mascullando. Se había pegado las muelas. Estaba realizando su tarea escolar de ciencias y se puso el tubo de pegamento en la boca mientras trabajaba con las manos.

Le di un vaso de leche para que se enjuagara la boca y, gracias a Dios, las muelas se le despegaron, pero cuando papá volvió, la casa era un infierno. Emma quería probar el truco del pegamento para sacarse más dientes, la ropa lavada estaba desparramada sobre la mesa donde yo había estado tratando de quitarle los pelos de la gata, había leche por todo el piso por el experimento de Joe de beber al revés y, en la habitación contigua, Luke tenía la tele a todo volumen.

–No puedo dejarlos solos cinco minutos –dijo papá al ver la escena–. Y tú, Cat, ni siquiera te has quitado el pijama y ya son las nueve.

–Pero... –empecé.

–Sin peros –me interrumpió papá–. Ya es hora de que todos aprendan a portarse como se debe.

A veces me doy por vencida. Pero eso tampoco es nada nuevo. Es sólo otro típico sábado de mañana en la casa de los Kennedy.

—Cat, necesito que vayas a Kingsand a comprar algunas cosas —me dijo papá más tarde, al tiempo que me entregaba una lista.

—Pero, papá, pensaba ir a casa de Becca —respondí.

—Puedes ir esta tarde. La mañana es para trabajar.

No podía discutir, ya que todos los demás estaban ocupados en sus tareas. Tareas que seguramente yo tendría que volver a hacer a mi regreso. La idea de Joe y Luke de ordenar su cuarto consiste en esconder todo debajo de los cobertores. Me la paso recogiendo viejos envoltorios de caramelos, videojuegos y ropa que dejan tirada al acostarse.

Salí hacia el pueblo y compré las cosas que papá quería de la tienda. No había mucha gente en las calles; sólo alguno que otro turista que paseaba admirando las cabañas cubiertas de piedra arenisca de color y las macetas con flores que había por doquier. Kingsand se enorgullece de su aspecto y ha ganado muchas veces el premio al Pueblo Mejor Conservado.

Bajé por la callejuela angosta hasta la bahía. No me gustaría vivir aquí, pensé, contemplando algunas de las casas a los costados de la calle. Debe ser así todo el tiempo: siempre con extraños que pasan y espían la sala de tu casa. En una ventana, una familia se sentaba a la mesa mientras la madre servía el desayuno. Aparté la vista. A veces todavía me duele ver familias felices con una madre. Me pregunto si saben la suerte que tienen.

Decidí atravesar el pueblo hasta la siguiente bahía, la de Cawsand. Kingsand y Cawsand son pueblos mellizos, uno al lado del otro, y los dos tienen bahías con arena, de fácil acceso. Antes de enfermarse, mamá solía traernos a la Bahía de Cawsand porque es menos peligrosa para nadar. Pasábamos horas mirando los barcos y la gente que jugaba en la playa.

Crucé el pueblo y llegué a la plaza de Cawsand; luego doblé hacia la bahía. Había apenas un par de personas: una mujer sentada en la cafetería y un chico en el otro extremo de la playa.

Fui a sentarme junto a las rocas de la izquierda y contemplé el mar. Algunos días extraño mucho a mamá. La mayor parte del tiempo estoy bien. Tengo catorce años y sé que ella se fue y no volverá. Pero hay días en que no me siento tan adulta y deseo que estuviera aquí para poder acurrucarme junto a ella y sentirme cuidada. Ser adulto puede ser confuso a veces y no sé lo que quiero. Estoy segura de que ella me habría entendido. Deben ser mis hormonas, pensé, enjugándome una lágrima.

De pronto, el chico al que había visto en el otro extremo de la playa se dejó caer a mi lado en la arena. Había estado tan absorta en mis pensamientos que no lo había oído acercarse.

–Todo esto es increíble, ¿no? –dijo, abarcando la bahía con un gesto de la mano.

Me volví hacia él y sentí como si algo me apretara el pecho.

Dios míooo. Era Ollie Axford. Ollie Axford sentado a mi lado en pantalones cortos y camiseta negra. Estiró sus largas piernas bronceadas. Total y absolutamente hermoso. Cabello negrísimo, ojos azules y un hoyuelo encantador en el mentón.

–¿Te comieron la lengua los ratones? –preguntó, sonriendo.

Me di cuenta de que habría estado mirándolo fijo. Muy fijo, diría yo.

–Imposible, llamándome como me llamo.

Me miró con desconcierto.

–Cat. Me llamo Catherine, pero todos me dicen Cat.[1]

–Qué bien –dijo, mirándome de arriba abajo de una manera que me hizo ruborizar–. Es un bonito nombre. Te sienta bien. Pareces una gata sentada aquí sola. No arañas, ¿o sí?

Reí.

–Sólo si me provocan. En ese caso, también muerdo.

Sonrió y levantó una ceja.

–No me digas. Suena peligroso. Mejor me porto bien, entonces. Si te acaricio, ¿ronronearás?

Y empezó a acariciarme el brazo suavemente. Dios mío, Dios mío, Dios mío.

1 N.T. Cat: "gato" en inglés.

–En casa tenemos gatos –prosiguió–. Son muy independientes, ¿no? ¿Tú eres así?

–Supongo que puedo serlo.

Se acercó más.

–Pero también pueden ser muy afectuosos, si les caes bien.

Reí.

–Sí, pero hay que ganárselos.

No podía creerlo. Estaba coqueteando con él y él, conmigo. Ollie Axford. Y yo. En la playa. Solos. Aayyy.

–En ese caso, tendré que portarme muy bien, ¿verdad? Porque me gustan los gatos –dijo–. A propósito, me llamo Ollie. Ollie Axford.

–Lo sé.

Se volvió hacia mí y me miró con curiosidad. Yo apenas podía respirar.

–¿Cómo?

–Bueno, todo el mundo sabe quién eres. Vives en Barton Hall, ¿no es así?

Asintió.

–Sí. ¿Cómo lo sabes?

–Mi papá es el dueño del almacén del otro pueblo. Tú mamá suele venir.

Pareció conformarse con eso.

–Dime, Cat. ¿Qué haces por aquí?

–¿Qué hago? ¿A qué te refieres?

Volvió a recostarse contra mi roca, de modo que su brazo tocaba el mío.

–Cuéntame todo. Quién eres. Qué estás haciendo aquí sola.

–Ehh...

¿Qué podía decir para parecer interesante? Él parecía disfrutar mi incomodidad.

–De acuerdo, empieza por decirme a qué escuela vas.

–Cerca de Torpoint. Allí van casi todos los chicos de aquí.

–Ah, sí, Torpoint. Mi hermana va a ir a esa escuela.

–¿Tu hermana?

–Sí, empieza el lunes. Antes iba a la escuela en Londres, pero no le gustaba. Quería estar más cerca de casa, por eso mamá y papá la cambiaron.

Eso sí que era interesante. Me había enterado de que tenía una hermana pero nunca la había visto. Quizás él también se cambiaría de escuela. Eso armaría un gran alboroto. Ollie Axford en nuestra escuela. Estaba ansiosa por contárselo a Becca. Para ella, sería como tocar el cielo con las manos. Dios mío. Becca. Recordé la prenda, el castigo que había rechazado, pero ahora tenía la oportunidad perfecta. Tenía que mencionarla o me mataría cuando le dijera que me había topado con Ollie. Cambié de posición de manera que ya no nos tocábamos.

–Y, eh, ¿tú también vas a cambiar de escuela?

–Nunca –respondió–. Me gusta mi escuela. Pero busca a Lia, ¿quieres? Es mi hermana. Es una buena chica y, ya sabes, empezar en una nueva escuela puede ser un poco intimidatorio a veces.

Parecía buen chico. Me gustó que cuidara de su hermana.

–Seguro, eso haré –dije–. ¿Cuántos años tiene?

–Catorce, de modo que empieza el noveno año.

–Es mi año. Sí, la buscaré.

Ollie también cambió de posición y volvimos a estar en contacto.

–Pero ¿y tú? Aún no me has contado mucho.

Me encogí de hombros.

–No hay mucho que contar. Me crié aquí. Tengo dos hermanos tontos y una hermanita que pienso que puede ser extraterrestre.

–¿Mayores o menores?

–Menores. Luke tiene diez años, Joe tiene ocho y Emma es la bebé, acaba de cumplir seis. ¿Y tú?

–Dos hermanas. Una mayor, Estrella, que está en Londres. Y Lia.

–¿Dos? Seguro que te malcrían por ser el único varón.

–Ojalá. Y tú, ¿eres casada, soltera, divorciada?

–Divorciada –respondí–. Él se quedó con los niños; yo, con las casas.

Rió.

–No, en serio.

–Ehh... tengo un grupo de amigos, ¿sabes? Nos vemos muy seguido...

¿Por qué no le decía la verdad? Que tenía novio.

–Y ¿qué hacías sentada aquí sola?

Bajé la vista a la arena.

–Nada.

–A mí me parece que pensabas en algo. Vamos, habla. Sé escuchar.

–Estaba... pensando en mi madre.

–¿Por qué? ¿Tuvieron una discusión?

–No. Ella solía traerme aquí cuando era pequeña. Murió hace cinco años. Yo... la echo de menos y este lugar me la recuerda.

No sabía por qué estaba contándole eso. Nunca le había dicho a nadie que ese era mi sitio especial cuando quería sentirme cerca de ella. Aprendí muy pronto que algunas personas se sienten incómodas al oír hablar de la muerte. Como que no saben qué decir, o te salen con una tontería y es obvio que les da vergüenza y te tienen lástima, y detesto eso.

Pero Ollie me miraba con bondad. Hice un esfuerzo por sonreír.

–Lo siento. No suelo ser así. Es sólo que hoy estuve pensando en ella y me sentí un poco triste.

–Es comprensible –dijo–. Significa que la querías mucho. –Se puso de pie de un salto–. Vamos, te invito un helado y luego iremos a remar.

Miré la bolsa de las compras a mis pies, y luego, aquella visión de pie ante mí, que me sonreía. Lo siento, papá, pensé. Tendrás que esperar. Oportunidades como ésta no se presentan todos los días, al menos no por aquí.

Además, aún tenía que mencionar a Becca.

Pasamos la siguiente hora conversando sobre todo. Era muy simpático. No, simpático, no; era divino, divino, divino, y me hacía sentir igual. Como si yo fuera la persona más interesante y atractiva del planeta.

–¡Ip! –exclamé, mirando el reloj–. Tengo que irme.

–¿Ip? –rió–. ¿Qué clase de palabra es esa?

Yo también reí.

—Es el sonido que hace nuestro ordenador en casa cuando cometo algún error. Ip. Ip. Se me grabó en el cerebro y ahora, siempre que hago algo mal, me sale como un aviso.

Me tomó de la mano.

—¿Y ahora estás haciendo algo malo?

Ip, ip, ip, repetía una voz en mi cabeza mientras me inundaba una sensación cálida y deliciosa.

—Ehh, no, es sólo que... debería haber vuelto hace muchísimo.

Llevaba mucho tiempo con él en la playa. Aún no había mencionado a Becca y él me tomaba de la mano. Ip, doble ip.

—Esteee... ¿Ollie?

—Sí —dijo, entrelazando sus dedos con los míos.

—Esteee... eh... Tengo una amiga, es decir, ¿te has fijado en alguien del pueblo?

Ollie empezó a jugar con mis dedos y sentí que mi cerebro iba a derretirse.

—Me he fijado en mucha gente del pueblo. En la señora del correo, en...

—No, me refiero a alguna chica.

Ollie sonrió.

—Yo me fijo en todas las chicas.

—Pero hay una en particular. —No me estaba saliendo bien. Me obligué a pensar—. Es que tengo una amiga.

—Ah —dijo Ollie mirándome a los ojos—. Una amiga. Bien. ¿Qué hay de tu amiga?

—Bueno, ella se ha fijado en ti y...

No sabía que el solo hecho de que alguien te mirara pudiera provocar tal caos interno. Me parecía que el tiempo se había hecho más lento pero mi corazón se había acelerado. Lo oía latir con fuerza en mi pecho.

Ollie llevó su otra mano a mi cuello y pasó los dedos suavemente entre mi cabello.

–Ah, ¿sí? Cuéntame más sobre esa... amiga tuya.

Ip, ip, iiiiip.

–Bueno, creo que le gustas y...

Me atrajo hacia él y me besó. Un beso suave que me recorrió hasta las puntas de los pies ida y vuelta.

–Quise hacer eso desde la primera vez que te vi –susurró, contra mi cuello.

IIIIIIP. Me aparté.

–¿Qué ocurre? –preguntó.

–Nada. Sólo debo irme. Eh, gracias por el helado. Y... –Empecé a caminar hacia atrás, alejándome de él–. Adiós, gracias, lo siento.

Él se quedó allí sonriendo.

–Cuando quieras, Cat. Espero verte de nuevo y conocer a tu amiga.

Corrí hasta casa llena de júbilo. Poco antes de llegar, me detuve para recuperar el aliento. Ollie Axford me había besado y me sentía flotar en el aire. Pero él era de Becca. Ella le había echado el ojo primero. Además, yo ya tenía novio. Debería haberle dicho la verdad a Becca, mi mayor secreto, mientras tuve la oportunidad. ¿Qué iba a hacer? ¿Qué le iba a decir a Becca? Ella me mataría. Jamás volvería a hablarme.

Me puse en marcha otra vez, más despacio. Tenía que pensarlo bien. Becca es mi amiga desde hace años. Mi mejor amiga, y es más importante que cualquier chico. Además, había intentado cumplir su prenda aun cuando ya me había librado de ella. No era mi culpa que Ollie hubiese malentendido lo de mi «amiga». Tenía que pensarlo muy bien.

Al poner la llave en la cerradura, preparándome para la reprimenda que recibiría por la demora, había una cosa de la que estaba segura. Esa fabulosa sensación era lo que quería sentir cuando me besaran. Tenía que decirle a Zoom que habíamos terminado. Había otros chicos además de Ollie. Quizá no pudiera tenerlo a él, pero había otros. Podría haber otros. Me olvidaría de Ollie. Lo pondría en una caja en mi cabeza y la cerraría con llave. Historia vieja. Fingiría que nunca había pasado nada.

Pero mientras papá empezaba su interrogatorio, lo único en que podía pensar era en la sensación de los labios de Ollie contra los míos. Y en lo que sentí cuando me tomó la mano. No podía evitarlo. Él se había escapado de la caja y una parte de mi cerebro volvía a repetir la escena una y otra vez. Y siempre volvía la sensación del beso.

Ay, ip.

3
Cincuenta maneras de dejar a tu amante

Querido Zoom:
Te quiero mucho pero...

Rompí el papel. Patético.

–¿Cómo voy a hacer esto, Bec? Ayúdame.

–Sólo si vuelves a contarme acerca de Ollie –respondió Becca, mirando por la ventana de su cuarto con expresión soñadora.

–Ya te lo conté seis veces –dije, mientras me levantaba del escritorio e iba a tenderme sobre la cama.

–Lo sé, pero me encanta escucharlo. Dime otra vez cómo estaba.

Divino, pensé. Sexy. Fascinante. Alucinante.

–Estaba bien, supongo.

–¿Bien? Debes estar ciega. Pero sí me mencionaste, ¿verdad? ¿No lo estás inventando?

–No, de veras te mencioné. Primero le pregunté si se había fijado en alguien del pueblo y dijo que sí, que en mucha gente...

–¿Y entonces le hablaste de mí?

–Sí, ya te lo dije. Dijo que se fijaba en todas las chicas.

–Entonces tal vez se fijó en mí.

–Quizá.

–¿Me describiste o algo así? ¿Le hablaste bien de mí?

–Lo intenté, Bec, te lo aseguro, pero no fue fácil. Había comprado un montón de cosas y tenía que volver a casa y...

–Lo sé –dijo Becca–, y te lo agradezco. Acercártele y hablarle así como así. Yo nunca habría podido hacerlo. Eres una buena amiga.

Soy un ser despreciable. Despreciable, pensé. Le había contado lo que podía. Sobre el beso no, claro. Ni que me había tomado de la mano. Ni que habíamos coqueteado. Sólo las partes restantes.

–¿Y Lia empieza la escuela el lunes? –preguntó.

–Sí. Eso dijo. Ya te lo dije.

–Y tienes que tratar de conocerla. Y yo, también. Y, con suerte, a él.

–Sí. Ahora, por favor, ayúdame a encontrar la manera de terminar con Zoom.

–Podrías enviarle un mensaje de texto.

Meneé la cabeza.

–No podría. Demasiado frío. ¿Qué le diría?

–TDG.

Le arrojé una almohada.

–Insensible.

–De acuerdo, por fax.

–Ah, qué graciosa.

–Por teléfono, así estás a salvo por si quiere matarte.

–Y no tendría que verle la cara. Bec, esto es horrible, de verdad, de verdad, de verdad no quiero lastimarlo.

–Pues quédate con él.

Volví a mi carta.

–Tal vez esto sea lo mejor, porque tendrá tiempo de leerlo en privado y hacerse a la idea.

–¿No hay una canción sobre las maneras de dejar a alguien?

–Sí. «50 Ways to Leave your Lover», de Paul Simon. Papá la tiene en un CD en el coche. Pero no recuerdo ninguna... –Becca se puso pensativa–. Podrías mudarte a otro país.

–No bromees.

–Podrías hacer que él terminara contigo.

–¿Cómo?

–Pórtate muy mal con él. Llega siempre tarde y de mal humor. Escárbate los mocos y cómetelos.

–Ajjjj, Becca. Qué asco. Además, si me portara así de mal, conociendo a Zoom y lo dulce que es, sería muy comprensivo y trataría de hacerme sentir mejor.

–Únete al Ejército de Salvación.

–Gracias, estás ayudándome mucho.

–Dile que has oído el llamado de Dios y te vas a hacer monja.

–Claro, y él lo creería.

–Dile que te has vuelto lesbiana.

–Entonces tendrías que fingir que eres mi novia.

–Ajjj. Olvídalo. No, escucha, si quieres mi más sincera opinión, creo que deberías ir y decírselo cara a cara. Se lo debes, por todo el tiempo que llevan juntos. Y no debería ser tan difícil ya que se conocen tan bien.

Becca tenía razón. Sí se lo debía. Tenía que resignarme, tomar el toro por las astas, todas esas cosas. No era tan terrible.

Entonces, ¿por qué estaba tan aterrada?

–Jack –llamó la Sra. Squires escaleras arriba–. Llegó Cat. Pasa, querida.

La seguí hasta la cocina. Por lo general, me siento muy cómoda allí; es como mi segundo hogar. La familia Squires lleva varias generaciones en Cawsand, viviendo en la misma casita en una de las callejuelas detrás del pueblo. Sus antepasados eran pescadores, pero ahora los padres de Zoom son las personas más importantes del pueblo, pues su papá es el mecánico local y su mamá es peluquera. Él repara la vieja camioneta de mi papá, que siempre se descompone, y ella me corta el pelo y tiñe el de Zoom. Este mes, está teñido de rubio platinado como Spike en «Buffy, la Cazavampiros». Zoom incluso tiene una chaqueta larga de cuero para completar la imagen. Sus padres son muy agradables. Normales. Me gusta ir a su casa y quiero continuar haciéndolo después de terminar con Zoom. Espero que podamos seguir siendo amigos.

–Te veo un poco pálida, Cat. ¿Estás bien? –preguntó la Sra. Squires.

–Sí, estoy bien –respondí, mientras me acercaba a jugar con Amy, que estaba en su sillita alta–. ¿Puedo alzarla?

–Claro que sí –dijo la mamá de Zoom volviendo al vestíbulo–. JACK, llegó Cat.

Siempre me parece raro cuando lo llaman Jack, pues todo el mundo lo llama Zoom menos sus padres. No tiene aspecto de Jack. Tiene aspecto de Zoom.

–Sube –gritó Zoom desde arriba.

–Otra vez será –le dije a Amy, que reconoció mi presencia poniéndose el tazón de puré de banana en la cabeza y gorjeando feliz.

Respiré profundo y empecé a subir la escalera. Aún no sabía bien lo que iba a decir, pero estaba decidida a encontrar las palabras de un modo u otro.

Zoom estaba acostado.

–Hola –dijo.

–Hola. ¿Qué estás haciendo?

–Nada.

Zoom no era así. Siempre estaba haciendo algo. Lleno de ideas o trabajando en algo.

–¿Qué pasa? –le pregunté.

Me mostró una carta y un folleto.

–Esto. Es ese curso que quería hacer en Londres en las vacaciones escolares, ¿te acuerdas?, sobre estructura del relato.

Zoom siempre ha estado obsesionado por las cámaras, por eso lo llamamos así. De chico observaba al mundo a través de una lente, entrecerrando los ojos como para hacer foco. Tomé el folleto. Hacía muchísimo tiempo que él hablaba de ese curso. Aparentemente todos los que se dedicaban al cine lo hacían y, como lo que a Zoom le gusta es escribir y dirigir sus propias películas, estaba ansioso por hacerlo. Ha estado levantándose al amanecer durante el verano para juntar dinero repartiendo periódicos.

–Cuesta más de trescientas libras. No tengo tanto dinero.

–¿No les pediste a tus padres?

Zoom meneó la cabeza.

–No, con Amy, mamá no puede trabajar tanto como antes. Y Tom empieza la secundaria, así que… ya sabes…

Me senté a los pies de la cama y le apreté el pie cariñosamente.

–Lo siento.

–Yo pensaba que costaría unas cuarenta libras o algo así. Llevo ahorradas cien para pagar el tren y otras cosas, y Mac dijo que podía alojarme en casa de su papá, pero no puedo pagar el curso. –Suspiró–. Justo cuando uno piensa que todo va bien, pasa algo así y lo arruina todo.

Se lo veía tan triste. No es el momento, pensé. No puedo terminar con él hoy. Sería la gota que colmara el vaso.

–¿Quieres jugar al avión? –sugerí.

Zoom esbozó una sonrisa.

–Claro.

Me trepé a los pies de la cama y él levantó las piernas en el aire mientras yo acomodaba mi abdomen sobre sus pies.

–Listo –dijo.

–Lista –respondí.

Zoom levantó los pies conmigo encima, me sujetó por los hombros y yo abrí los brazos en cruz mientras sus pies me impulsaban por el aire. Así jugábamos al avión. Al menos lo hizo reír.

El papá de Zoom asomó la cabeza y me encontró en pleno vuelo.

–Francamente, ustedes dos nunca van a crecer, ¿eh?

4
Educación sexual

—¿Cuántas veces hay que tener relaciones para tener un bebé, Cat? —preguntó Joe mientras terminábamos de lavar los platos de la cena.

—Una sola basta, que yo sepa —respondí.

Joe se puso pensativo.

—Entonces quiere decir que mamá y papá tuvieron relaciones cuatro veces.

—¿Cómo calculas eso?

Joe contó con los dedos.

—Tú, yo, Luke y Emma. Somos cuatro.

—Supongo —dije, tratando de no reír—. Pero esa clase de cosas mejor se las preguntas a papá.

Joe fue a la sala, donde papá estaba mirando las noticias, y Emma se levantó de la mesa para seguirlo.

—Es una conversación privada —le dije—. Déjalos solos.

Fue a tenderse en el piso del vestíbulo y obviamente se esforzaba por escuchar.

—Le está contando cómo se hacen los bebés —me susurró.

Poco después, se abrió la puerta y salió Joe, meneando la cabeza.

—Ajj —dijo—. Qué asco. No quieran saberlo.

Papá salió tras él y vio a Luke haciendo su tarea escolar en la mesa de la cocina.

—Acabo de hablar con Joe sobre las cosas de la vida, Luke. ¿Hay algo que quieras saber?

Luke enrojeció y hundió la cara en su libro de geografía.

–Vete, papá –murmuró contra el libro.

Papá se encogió de hombros, volvió a mirar las noticias y así terminó todo. Al menos, eso creí.

El domingo por la mañana, estaba en el supermercado local con Emma, haciendo algunas compras. Acababa de poner algunos huevos en el carrito cuando Emma exclamó:

–Mejor que ni papá ni los chicos se acerquen a esos o tendremos bebés y ya no hay lugar en casa.

–¿A qué te refieres? –le pregunté.

–La otra noche lo oí decírselo a Joe. Se necesitan un huevo y un pito y después se tiene un bebé.

Reí.

–No de esta clase de huevos, Emma. Los huevos que hacen los bebés ya están dentro de ti.

Emma se miró el vientre.

–¿Dónde?

–Esteee… en tus ovarios. Son muy pequeñitos y los hay a montones. Ya lo entenderás. Pregúntaselo a papá cuando seas más grande.

–Pero ya soy grande –protestó–. Tengo seis años. Eso es ser muy grande.

Empujé rápidamente el carrito hacia la caja y el estómago me dio un vuelco. Allí estaba Ollie Axford con uno de sus amigos.

Se volvió y sonrió al verme.

–Cat –dijo.

Antes de que yo pudiera decir nada, Emma me había alcanzado y tiró de la mano de Ollie.

–¿Cuántos pitos tienes tú?

Ollie puso cara de sorpresa mientras su amigo reía detrás de él.

–Ehh, uno solo, la última vez que miré.

–Mi papá tiene cuatro pitos –prosiguió Emma en voz alta. Me quería morir.

–Ella es Emma –la presenté–, la extraterrestre de la que te hablé. ¿Por qué diablos piensas que papá tiene cuatro pitos, Em?

–Se necesita un pito y un huevo, ya te lo dije. Nosotros somos cuatro, así que papá debe de tener cuatro pitos.

A esa altura, la mitad de la tienda estaba escuchando y el amigo de Ollie se moría de la risa.

–Ah… qué linda. –Ollie sonreía.

Se abrió la caja de al lado y me dirigí allá deprisa, pagué y salí huyendo.

Cuando llegué a casa, Luke me llamó al cuarto de los chicos, donde teníamos el ordenador familiar.

–Había un correo electrónico de Zoom para ti –anunció–. Viene para aquí.

Bien, pensé. No hay mejor momento que el presente, y esta vez estaré lista. Aquel nuevo encuentro con Ollie me había convencido de que era hora de terminar con Zoom. No porque quisiera conquistar a Ollie, sino porque me había recordado cómo puede una sentirse cuando alguien le gusta mucho. Deseé poder contarle toda la verdad a Becca, pero sabía que era imposible. Era la primera vez, en todos nuestros años de amistad, que no le contaba toda la verdad. Pero al menos podía sincerarme con Zoom. Al día siguiente empezaban las clases, y quería empezar de cero. Sin asuntos pendientes.

Esta vez había planeado exactamente lo que iba a decir, hasta terminar con el «¿Podemos seguir siendo amigos?» de rigor. Y estaba convencida de ello.

Zoom llegó mientras yo estaba guardando las compras. Traía una amplia sonrisa; obviamente se le había pasado la decepción del día anterior. Fantástico, pensé. Zoom nunca se deprime por mucho tiempo.

Respiré hondo y me arrojé:

–Me alegra mucho que vinieras, porque quiero hablar contigo.

–De acuerdo –respondió–, pero yo primero. Yo también quiero decirte algo.

–Está bien.

Hurgó en su mochila y sacó un paquetito envuelto en papel brillante de color púrpura.

–Ayer, después de que te fuiste, fui a Plymouth y te compré un regalito –dijo, mientras me lo entregaba.

–Zoom, no debiste hacer eso –protesté. Zoom, realmente no debiste hacerlo, pensé.

–Anda, ábrelo.

Rompí el papel y encontré adentro un estuche de joyería. Contenía el brazalete de plata más hermoso.

La sonrisa de Zoom se extendió de oreja a oreja.

–La vendedora me dijo que es de un sitio en Nueva York que se llama Tiffany. Verás, quería comprarte algo especial para decirte que eres la mejor amiga que alguien pueda tener. No sólo ayer, sino desde que nos conocemos. Mírala por dentro, está grabada.

Giré la pulsera y, en letras diminutas, estaba la inscripción: «Para Cat con amor».

–Zoom, esto debe de haberte costado una fortuna.

Zoom se encogió de hombros.

–Tú lo mereces. Sé lo difícil que es para ti a veces, y ayer me di cuenta de que últimamente he sido un poco egoísta, obsesionado con hacer mi curso de cine y ahorrar dinero, mientras tú aquí tienes que hacer de madre de Joe, Emma y Luke. Hace muchísimo que no tienes nada nuevo y pensé: soy un cerdo, te he dejado de lado. Así que esto es para demostrar que sí te aprecio.

–Tú… no habrás gastado en esto el dinero de tu curso, ¿verdad?

–Podría ser –sonrió–. Pero tú lo vales, Cat. ¿Qué es un tonto curso, al fin y al cabo?

–Pero, Zoom, todo ese tiempo repartiendo periódicos…

Zoom me tomó la mano y me miró a los ojos.

–Lo importante es tener una compañera como tú. Siempre me apoyaste cuando te necesité, me hiciste reír, escuchaste todas mis locas ideas. Quise hacer algo bueno para ti. Anda, póntela.

Aseguró la pulsera en mi muñeca.

–Te queda fabulosa –dijo, haciéndome girar la muñeca para admirarla, y luego besó suavemente la palma de mi mano–. Ahora es tu turno. ¿Qué querías decirme?

Miré el brazalete y la cara sonriente de Zoom.

–Nada importante. Algo como ¿estás listo para empezar las clases mañana?

5
De vuelta a la escuela

—Sunita Ahmed —leyó la Sra. Jeffries.

—Aquí, señorita.

—David Alexander.

—Aquí.

—Mary Andrews.

—Presente.

—Ophelia Luna Axford.

Un murmullo recorrió el aula.

—Aquí, señorita —dijo una chica deslumbrante, dos bancos más allá—. Pero, por favor, todo el mundo me llama Lia.

Mientras la Sra. Jeffries seguía tomando lista, todos se dieron vuelta para mirar a la chica nueva. Desde antes de entrar al aula, todos habían estado preguntándose quién sería. Claro que Bec y yo ya lo habíamos adivinado. Era la hermana de Ollie. Se parecía mucho a él: los mismos ojos azules en un rostro perfecto; la única diferencia era que su largo cabello era muy rubio, casi blanco, mientras que el de Ollie era oscuro.

La Sra. Jeffries había llegado a la K.

—¿Mark Keegan?

—Sí, señorita.

—Catherine Kennedy.

—Aquí, señorita, pero todos me llaman Cat.

Le sonreí a Lia y ella también me sonrió. Pero la Sra. Jeffries, no.

–¿Hay alguien más que quiera ser conocido por un nombre distinto del que trae de nacimiento?

La mitad de la clase levantó la mano.

–Y a mí, pueden llamarme Señora –dijo, en tono fatigado–. Ahora, ¿dónde estaba? Ah, sí. Catherine Kennedy.

–Aquí, señorita –respondí. Mejor no empezar las clases con el pie izquierdo.

En el recreo, vi que Lia se quedaba atrás mientras el resto de los alumnos se abalanzaba hacia la puerta. Ollie había estado en lo cierto. No era fácil empezar en una escuela nueva, sobre todo en el noveno año, cuando ya todos se conocen. Sentí pena por ella, pues parecía un poco perdida y sola.

–¿Sabes adónde ir? –le pregunté.

–No muy bien –respondió.

–Ven conmigo, te mostraré la escuela. Ella es Becca –agregué, cuando Becca se acercó.

Mientras le enseñábamos lo principal –los baños, la biblioteca y los mejores sitios donde estar sin la vigilancia de los profesores– noté que Becca se había quedado en silencio. Era extraño en ella, que casi nunca se calla.

En el patio, divisé a Zoom y Mac en un rincón, junto al cobertizo para bicicletas, y llevé a Lia a conocerlos.

Y ellos también se pusieron callados y tímidos. ¿Qué estaba pasando?

–¿En qué año están? –les preguntó Lia.

–En el undécimo –respondieron a coro Zoom y Mac, y luego se quedaron allí, torpes y desgarbados. Entonces comprendí: estaban intimidados.

Lia era hermosa y, de alguna manera, su presencia los había vuelto estúpidos.

–Vayamos a sentarnos allá –propuse, señalando un banco libre–. Hasta luego, chicos.

Becca se quedó con ellos un momento más y, cuando Lia y yo nos sentamos, me di cuenta de que hablaban de ella.

—¿Siempre causas ese efecto en los chicos? –le pregunté.

—¿A qué te refieres? –dijo Lia.

—Están estupefactos.

Lia los miró.

—¿Por qué?

—Las chicas muy lindas los convierten en gelatina –expliqué, riendo.

—¿Quién? ¿Yo? Bromeas.

Becca vino a acompañarnos y se sentó, incómoda, en el extremo del banco. Qué tontería, pensé. Tengo que romper el hielo.

—Ophelia Luna. ¿De verdad te llamas así?

—Lo sé. Es horrible, ¿no? Odio mi nombre.

—Pero es tan romántico –dijo Becca, que al fin recuperó el habla–. Como la Ophelia de Hamlet.

Lia asintió.

—Sí, la vimos en clase de literatura, en mi escuela anterior.

—Pero ¿viste cómo terminó? Loca y ahogándose en el río. No tan romántico.

Becca se puso impaciente.

—Pues a mí me parece un personaje alucinante. Tengo el libro junto a mi cama. Dicen que yo parezco un personaje de una obra de Shakespeare.

Ip, pensé. Mejor intervengo, pero Lia se me adelantó.

—Y es cierto –dijo–, pero pareces más una misteriosa y bella princesa que un personaje trágico.

Becca se echó el cabello hacia atrás y pareció calmarse.

—Entonces, ¿por qué Luna? –pregunté.

—Locura de mis padres. Se quedaron en otra época y a todos nos pusieron nombres raros –respondió Lia–. Mi hermana mayor se llama Estrella, mi hermano se llama Orlando, y yo, Ophelia Luna. Un horror.

Becca se puso atenta.

—Orlando. Es un bonito nombre.

Miré a Becca. Ya me había preguntado yo cuánto tardaría en mencionarlo.

–Lo llamamos Ollie –dijo Lia.

–No me digas –respondió Becca, simulando sorpresa e inocencia–. Y ¿qué edad tiene tu hermano? Ah, ¿y tu hermana?

–Estrella tiene veinte. Vive en Londres. Es modelo. Y Ollie tiene diecisiete. Estudia en Londres. Yo también estudiaba allá pero no me gustaba. Prefiero estar en casa, por eso mamá me consiguió un lugar aquí.

Becca no permitiría distracciones.

–Pero ¿no extrañas a Ollie cuando no está? Ah, y a Estrella, claro.

No pude evitar reír por dentro. Era muy obvia, pero Lia no se había dado cuenta. No tenía por qué saber que ya sabíamos quién era Ollie.

–Sí, los echo de menos, pero Ollie viene mucho los fines de semana. Al menos una vez al mes. Y Estrella viene siempre que puede.

Ya era imposible detener a Becca.

–¿Cómo es él?

–Normal. Ya sabes, como cualquier hermano.

–¿Se parece a ti? –preguntó Becca, que ya se había acomodado a sus anchas en el banco.

–Más o menos, pero él tiene cabello oscuro. Pero ¿por qué te interesa tanto?

Becca suspiró y señaló los grupos de muchachos en el patio.

–Mira alrededor. Eso es todo. Los galanes locales. No es mucho.

–Mac y Zoom parecen simpáticos –observó Lia.

–Bueno, Zoom es el novio de Cat. O era. O es. ¿Ya lo hiciste?

–¿Si hiciste qué, Cat? –preguntó Lia.

Yo no quería hablar de eso. Acababa de conocer a Lia y ya iba a conocerme como la novia de Zoom. Justo lo que yo no quería.

–Terminar con él. Hace años que estamos juntos y, bueno, creo que es hora de que terminemos.

–Mira lo que le compró –dijo Becca, señalando mi pulsera.

–Es hermosa –dijo Lia–. Y ¿por qué quieres terminar con él? A mí me parece lindo.

–Sí, ¿por qué quieres terminar con él? –repitió Becca–. No acabo de entenderlo. Es taaaaan bueno. Es decir, se llevan bien, te hace regalos hermosos, es buen mozo, buena compañía...

Tuve ganas de matarla. Ya me resultaba bastante difícil. Hasta había una vocecita en mi cabeza que no dejaba de preguntarme: ¿estás haciendo lo correcto? Tal vez estaba a punto de cometer el peor error de mi vida y nunca volvería a conocer a alguien tan encantador. Nunca volvería a tener novio. Jamás. Tanto Lia como Becca me miraban, esperando una respuesta.

Recordé una frase que había oído en la tele la noche anterior.

–Perdimos la magia –dije.

Lia asintió.

–Yo tenía un novio así en Londres. Era perfecto en todos los sentidos, pero ya no me entusiasmaba. Me aburría.

–Y ¿qué hiciste?

Lia se ruborizó.

–Temo que me acobardé y pedí a una amiga que se lo dijera.

Miré a Becca con aire esperanzado.

–Ni lo pienses, Cat. No me mires a mí. En esto estás sola. Y dime, Lia, ¿cuándo viene Ollie de nuevo?

–En unas semanas –respondió Lia–. Se fue anoche. ¿Por qué? ¿Quieres conocerlo?

La cara de Becca se iluminó.

–Sí, puede ser.

–En ese caso, debo prevenirte –dijo Lia–. Ollie será mi hermano, pero es famoso por romper corazones.

–¿En qué sentido? –preguntó Becca, que ya no intentaba disimular y, literalmente, absorbía cada palabra de Lia.

–En Londres hay un montón de chicas que lo persiguen, siempre lo llaman por teléfono. Su relación más larga duró tres semanas. Su idea del compromiso es pedirle a alguien su dirección de correo electrónico. Busca a una chica tras otra, las enamora y después las deja.

–Quizá no conoció a la chica adecuada –sugirió Becca, con aire soñador.

–Es lo que todas esperan –replicó Lia, para decepción de Becca.

–Hasta empezó ya por aquí. El otro día, dijo que había besado a una chica en la playa. Pensé: pobre chica, otra que cayó.

Ip. Mi corazón empezó a latir con fuerza. ¿Sabría ella que esa chica era yo? Él me había pedido que buscara a su hermana y tal vez se lo había contado. En ese caso, Becca sabría que había sido yo.

–¿A quién? –preguntó Becca.

Lia se encogió de hombros.

–No lo sé. Alguna chica de por aquí, supongo. Pero dijo que le había gustado y que habían conversado mucho.

Dios mío. Dios mío.

Becca me miraba con ojos de furia.

–Ehh, discúlpanos un momento, Lia; tengo que hablar de algo con Cat.

Lia miró, desconcertada, cómo Becca se ponía de pie y me hacía señas de que la siguiera.

–Ehh, vamos, Cat. Ya sabes ese, eh, proyecto en el que estábamos trabajando. Tenemos que repasar algunas cosas.

Me puse de pie y la seguí. Ip. Ip. Deseé haberle dicho la verdad desde el comienzo.

Una vez dentro de la escuela, Becca me arrastró hasta el laboratorio de ciencias y se volvió hacia mí.

–Tú estabas allí. ¿Lo viste con alguien?

Suspiré, aliviada. Becca no había pensado automáticamente que había sido yo.

–Ehh, no. Pero sólo estuve allí un rato, ya te lo dije.

Los ojos de Becca me taladraban. Dile la verdad, pensé. Dile la verdad.

–Y ¿había alguien más? –preguntó–. Alguien con quien pueda haber conversado después de que te fuiste.

–No. Sólo una señora que tomaba un café.

Me sentí como si me estuviera interrogando la policía. Juro que yo no fui.

Becca quedó pensativa.

–Pudo ser cualquiera. Probablemente esa loquita de Megan Wilson, de décimo año. Siempre anda por Cawsand.

–Sí, tal vez. Pudo ser cualquiera.

¡Ay! Eso dolió.

6
Mentiras piadosas

Cuando llegué a casa el viernes siguiente, de la cocina venía un aroma delicioso de ajo y cebollas. Fabuloso, pensé, vino Jen.

Me dejé guiar por el olfato y la encontré ocupada cortando pimientos. Parecía que acababa de llegar del trabajo, pues aún tenía puesto el uniforme de azafata debajo del delantal de Homero Simpson de papá. Trabaja en Plymouth y hace los vuelos de cabotaje entre Bristol y Londres.

–¿Tienes hambre? –preguntó, acomodándose un mechón de cabello. Siempre se la veía muy elegante. Delgada y rubia, con el cabello recogido en una trenza cosida.

–Siempre tengo hambre cuando vienes –respondí, sonriendo.

Me agrada Jen. Hace más de un año que sale con papá y, cuando viene a casa, le gusta cocinar para nosotros. Es toda una fiesta, porque papá no ha llegado a dominar el arte de la cocina. Su idea de deleite culinario consiste en agregar queso al puré, que normalmente sirve con salchichas o hamburguesas. Y mis especialidades son las pastas, pastas o pastas: cualquier cosa que sea rápida y fácil, de modo que las comidas de Jen son un cambio muy apreciado.

–Estoy preparando un guiso de pollo, ¿te parece bien?

Asentí.

–¿Necesitas ayuda?

–Podrías picar esos puerros –dijo, señalando la cesta de verduras.

Mientras trabajábamos en la cocina, Jen empezó el interrogatorio habitual de los adultos.

–¿Qué tal la escuela?

–Bien –respondí.

–Pasaste al noveno año, ¿verdad?

Asentí y empecé a poner la mesa.

–Hoy estás callada –observó–. Tú no sueles ser así.

Me encogí de hombros, y supongo que luego suspiré, porque ella lo captó enseguida.

–¿Problemas con la escuela?

–No, me va bien en la escuela. De hecho, en cierto modo me alegro de haber empezado las clases otra vez. Hay una chica nueva llamada Lia. Estuvo conmigo y con Bec toda la semana. Creo que vamos a ser amigas. Es la hija de Zac Axford.

–Ah, ¿de Barton Hall?

Asentí, y luego fui a buscar los vasos al armario.

–¿Qué tienes, entonces? –insistió Jen–. ¿Problemas con algún muchacho? ¿Con alguna amiga?

Vacilé. En verdad necesitaba hablar con alguien sobre todos los pensamientos extraños que había tenido últimamente y, por el momento, no podía hacerlo con Becca, y papá, bueno, no era muy fácil tener una verdadera conversación con él.

–Ambas cosas –respondí–. Prométeme que no se lo dirás a nadie, ni siquiera a papá.

–Prometido.

–Estos días estoy pensando mucho en la verdad.

Jen rió.

–Ah, un problema filosófico.

Sonreí.

–Algo así. A veces no decimos la verdad para proteger a alguien, ¿no es así?

Jen asintió.

–Así es.

–A veces para no discutir y otras para no lastimar. Pero no es fácil. Por ejemplo, ¿qué harías tú si supieras que alguien se molestaría si le dijeras la verdad? Pero te pueden lastimar tanto la verdad como la mentira, ¿no crees?

Jen me miró con preocupación.

–Supongo que sí. Pero esto parece serio. ¿Vas a contarme de qué se trata?

Volví a vacilar, pero decidí que podía confiar en Jen. Era buena, considerando que era adulta.

–Bueno, principalmente tiene que ver con Zoom. Ya sabes que llevamos muchísimo tiempo juntos.

Jen asintió.

–Bueno, he estado tratando de terminar con él pero es muy difícil. Nunca encuentro el momento apropiado y no quiero lastimarlo. Allí es donde me cuesta decir la verdad, ¿entiendes?

Jen volvió a asentir.

–Siempre es difícil terminar con alguien.

–Entonces, ¿qué hago?

Jen interrumpió un momento su trabajo.

–En una situación así, la sinceridad es la mejor política. Tratar de proteger a alguien de la verdad puede prolongar el sufrimiento.

–Ya lo creo –la interrumpí.

–Pero tanto para él como para ti. Si la situación fuese al revés, si él quisiera terminar contigo, querrías saberlo, ¿no?

–Sí. Sin duda.

–A veces hay que ser cruel para ser bueno. Es una muestra de respeto si quieres a alguien, y es obvio que tú quieres a Zoom. Sé franca con él. Respira hondo y dile lo que sientes. De otro modo, le estarás haciendo creer que todo está bien cuando no lo está. Él también necesita poder rehacer su vida tanto como tú.

Tenía razón. Debía decirle la verdad a Zoom; no era justo ocultársela.

Jen me miraba con bondad.

–Todo saldrá bien, Cat. La vida continúa.

Asentí.

–Lo sé. Tienes razón. Voy a decírselo.

En ese momento irrumpió Emma:

–A Tarzán de la selva le dolía la barriga, no encontraba un baño. Zas, demasiado tarde.

Jen y yo lanzamos una carcajada.

–Muy bonito –dijo Jen–. ¿Dónde aprendiste eso? ¿En la escuela?

–No –respondió Emma–, de Joe.

Durante la cena, Emma y Joe insistieron en que Jen sirviera la comida como una azafata. Pobre Jen. Sentí pena por ella. En sus pocos días libres, viene aquí y la obligan a seguir con su rutina laboral.

–Después de la cena –anunció, usando el cucharón como micrófono–, vendré por el pasillo del refrigerador sirviendo el postre. En el menú de esta noche, ofrecemos una selección de helado de chocolate o... o nada. Más tarde se proyectará un video en la sala y se apagarán las luces para que los pasajeros que así lo deseen puedan dormir.

Papá rió y la miró con agradecimiento. Era bueno verlo feliz, y siempre lo era cuando estaba Jen.

Después de la cena, subí a mi cuarto para empezar mis tareas escolares del fin de semana. Es difícil porque en casa tenemos una sola mesa donde se pueden desparramar los libros, y es la de la cocina. Como papá y Jen estaban allí bebiendo algo y conversando, no quise molestarlos. Tal como están las cosas, papá no pasa suficiente tiempo con Jen.

Recorrí con la mirada el pequeño dormitorio que compartía con Emma y pensé: supongo que podría poner mis libros en la cama de abajo y sentarme en el suelo. Deseé que papá comprara el escritorio plegable que había prometido, pero nunca lo hace. Tal vez podría trabajar en casa de Becca, pensé. Tiene mucha suerte al ser hija única. Tiene un cuarto para ella sola, además de su propio ordenador y un escritorio con estantes. Podría llamarla.

–Estuve trabajando en una canción –anunció Becca cuando atendió el teléfono–. Es una balada de amor. ¿Y si llamo a Jade y le pregunto si quiere practicar un poco con la banda y ponerle música a la letra?

Yo no estaba de humor para Jade. Es la hermana menor de Mac y puede ser terriblemente presumida. Está en décimo año y cree que lo sabe todo porque vivió en Londres la mayor parte de su vida, y suele menospreciarnos como si fuéramos campesinos tontos. Sin embargo, cuando Mac le contó que Becca y yo teníamos una banda de chicas, preguntó si podía incorporarse, y debo admitir que tiene una voz brillante.

En el resto de la casa, había una guerra de sonidos entre Em que aporreaba el piano en la planta baja, la tele a todo volumen y Luke escuchando a Eminem en el cuarto contiguo. Miré mis libros desparramados sobre la cama. Aquí no hay paz, pensé.

–Buena idea –respondí–. Voy para tu casa.

Guardé las cosas de la escuela y rápidamente me cambié de ropa: me puse mis pantalones cargo, una camiseta y la chaqueta de cuero y bajé hacia la puerta trasera.

–¿Adónde crees que vas? –preguntó papá.

–Ehh, a casa de Becca. Estamos trabajando en un proyecto escolar.

Por suerte, papá estaba de buen humor y no puso objeción.

–No olvides volver a una hora razonable –me recordó, mientras yo cerraba la puerta.

Mientras me dirigía a casa de Becca en bicicleta, tenía una extraña sensación en el estómago. No podía dejar de pensar en las palabras de Jen. La sinceridad es la mejor política, me había dicho y, si bien se había referido a Zoom, no podía sino pensar que no había sido sincera con papá hacía un momento. Le había mentido. A él no le entusiasmaba mucho la idea de la banda, de modo que últimamente, cuando nos juntábamos, no le contaba todos los detalles. Una mentira piadosa. Eso le había dicho. ¿Estaba bien eso? No perjudicaba a nadie. ¿O sí? Esta cuestión de verdad versus mentira ya empieza a afectarme, pensé, mientras pedaleaba furiosamente colina arriba, hacia la casa de Becca.

Apenas llegué, Becca me llevó a su cuarto e insistió en leerme su última canción. Se imagina que va a ser compositora y no he tenido el valor de decirle que sus letras son verdadera y espectacularmente horribles.

–¿Lista? –me preguntó, mientras me quitaba la chaqueta y me dejaba caer sobre su cama.

–Sí –respondí, preparándome para lo inevitable. Luego pensé: no, dale una oportunidad; quizá esta vez me equivoque.

Hurgó entre el desorden habitual en su escritorio y encontró una hoja, que empezó a leer.

Conocí a un chico por aquí, Ollie es su nombre.
No puedo sacarme de la cabeza a tan lindo y simpático hombre.
Desde ese momento ya no me sentí del todo bien,
y cuando alguien lo llamó estirado, me peleé por él.
Cuando lo veo me siento feliz y cálida como en un nido,
pues creo que Ollie es el mejor chico que haya nacido.
Un día me acercaré y le diré quién soy,
y él seguramente dirá que le gusto hoy,
y ¿qué te parece si el viernes salimos los dos?

–¿Qué te parece? –preguntó Becca, ansiosa.

–Esteee... tal vez necesitas mejorar un poco el final.

Y el comienzo y el medio también, me dije.

–Hay más. Tiene un estribillo.

Ay, no, pensé. Como si alguna vez fuera a cantar esto. En público.

–*Ollie, Ollie, eres mi paraguas* –leyó–. Me proteges cuando llueve. *Ollie, Ollie, me pusiste de cabeza, ya mi mente no se mueve.*

Me moría por soltar la carcajada, pero logré mantenerme seria.

–Hummm. Interesante –dije, mientras en mi mente una vocecita preguntaba si eso era una verdad a medias, una mentira piadosa o un embuste total.

Justo en ese momento sonó el timbre abajo.

–Debe de ser Jade –dijo Becca–. Veamos qué le parece a ella.

Jade entró enseguida. Como siempre, estaba fabulosa con una minifalda de jean y una camiseta corta y asimétrica que mostraba su vientre plano y el dije de strass en el ombligo.

–¿Nunca ordenas? –preguntó, mientras despejaba un lugar en el suelo para sentarse.

–Me gusta así –respondió Becca. Su cuarto siempre era un desorden, y esa noche no menos que de costumbre: había libros, revistas, ropa y zapatos por doquier–. Las personas creativas no tenemos tiempo para ser obsesivas y neuróticas del orden.

Ja. Eso la puso en su lugar, pensé, mientras Jade quitaba un calcetín poniendo una cara como si hubiese tocado excremento de perro.

–Escribí una nueva canción –dijo Becca, ignorando la expresión de Jade, y empezó a leer la letra.

Pobre Becca, pensé, la que le espera ahora.

–¿Ese Ollie es Ollie Axford? –preguntó Jade cuando Becca terminó.

–Sí –respondió Becca–. ¿Por qué? ¿Lo conoces?

Jade sonrió con aire esquivo y se echó el largo pelo rubio hacia atrás.

–Tal vez.

Becca pareció asustarse.

–Ehh, ¿no habrás estado con él el otro día en la playa de Cawsand, ¿o sí?

–No –dijo Jade–. ¿Por qué?

–Por nada –respondió Becca.

–Entonces, ¿por qué lo preguntas? ¿Qué pasa?

Levanté uno de los libros de Becca del suelo y simulé estar muy interesada en él, pero las palabras de la página se volvieron borrosas ante mis ojos. Por favor, que no me pregunten nada, rogué. No quiero volver a pasar por eso.

–Nada –dijo Becca–. Es sólo que su hermana Lia es amiga nuestra y dijo que la semana pasada él estuvo en la playa besándose con una chica del lugar.

–¿En serio? Debemos averiguar quién era –dijo Jade–. Pero eso no significa nada. Un chico como Ollie debe de tener una larga fila de chicas que quieren salir con él.

–¿Y tú eres una de ellas? –le preguntó Becca, con una mirada amenazante.

–Tal vez. ¿Por qué? ¿Tú sí?

–Tal vez –respondió Becca.

Ay, pensé. Eso estuvo cerca.

7
Cenicienta

Lia llamó por teléfono el sábado por la mañana, cuando yo estaba limpiando el baño.

–¿Quieres venir? –preguntó–. Llegaron unos amigos de mamá y salieron todos a cabalgar, y estoy aburrida.

–No puedo –suspiré–. Los sábados tengo que hacer las tareas de la casa.

Lia pareció decepcionarse.

–Pero Becca viene. A ver si puedes venir más tarde.

Colgué el teléfono y vi que Jen estaba detrás de mí.

–¿Quién era? –me preguntó.

–Lia Axford –respondí–. Me invitó a su casa. Pero todavía no terminé con el baño, y después tengo…

Jen puso la mano sobre mi hombro y lo apretó con afecto.

–Yo me encargo, Cenicienta. Ve al baile.

Media hora después, iba camino a la casa de Lia. Jen había estado fantástica. Susurró algo al oído de papá y, asombrosamente, él me dejó ir. Todo un día sin trabajo. ¡Viva!

Ojalá Jen viviera siempre con nosotros, pensé; la vida sería fabulosa. Sé que a papá le preocupa cómo lo tomemos mis hermanos y yo, pero nos encantaría. Traté de hablar de eso con él hace un par de semanas, pero cambió rápidamente de tema. Es una pena, porque a todos nos gusta Jen y queremos que él sea feliz, pero cuando intenté decírselo, murmuró algo sobre que somos su responsabilidad, y luego se fue al almacén.

Todo esto que he estado pensando últimamente sobre la verdad y la sinceridad se aplica también a mí y a papá. No es exactamente que no seamos sinceros entre nosotros, sino más bien que no nos decimos toda la verdad. Decidí que un día tendríamos que sentarnos y tener una charla en serio. Algún día, cuando lo encuentre solo.

El cielo estaba azul y despejado mientras pedaleaba hacia Millbrook, y el aire claro parecía estar limpiando mi mente de telarañas. Está la verdad, pensé, luego las mentiras piadosas, las verdades a medias y, por último, los embustes. Hay mentiras buenas y malas; algunas para proteger, otras para mantener la paz y algunas, supongo, son pura y simple cobardía. Como las veces que le dije a papá que estaba en un lugar donde no estaba para que no se enfadara; como decirle que estaba en una clase extra en la escuela cuando en realidad estaba vagando por ahí con Bec. ¿Qué es mejor?, me pregunté, y ¿qué hago yo? ¿Soy una persona sincera o una mentirosa?

Decidí que llevaría la cuenta de todas las mentiras, piadosas o no, que dijera, a partir de mañana.

Diez minutos más tarde, había dejado atrás Millbrook y llegaba a Barton Hall. Pero ¿cómo iba a entrar? El imponente portón de hierro forjado estaba firmemente cerrado. Divisé un pequeño intercomunicador en uno de los pilares y apreté el timbre.

Una cámara se puso en acción y me enfocó. Sonreí, esperanzada.

—Hola, Cat. Pasa —dijo la voz de Lia por el intercomunicador. Luego oí un zumbido y, como por arte de magia, los portones empezaron a abrirse.

Mientras avanzaba en mi bicicleta por el largo y sinuoso camino privado, comencé a sentir cierta aprensión. Aunque había estado allí antes con papá, alguien había venido a recoger la mercadería en el portón. Esta vez estaba entrando como invitada. Al menos Ollie no estaba allí. Eso sí que habría sido demasiado.

Me pareció que pasé muchísimo tiempo pedaleando, pasando por las caballerizas, las dependencias y un bosque interminable. Empezaba a pensar que me había perdido cuando, de pronto, los árboles se abrieron y vi a Lia y Becca esperándome al final del camino, con dos setters irlandeses retozando a sus pies.

La casa era imponente, como un viejo hotel, rodeada a ambos lados y detrás por bosques y, en el frente, había un jardín en terrazas cubiertas de césped con grandes palmeras en macetas enormes.

–Guau, Cat, tienes que ver este lugar –exclamó Becca mientras me bajaba de la bicicleta e inmediatamente empezaban a acosarme los perros, que me saludaron como a su más vieja y querida amiga–. Es asombroso. Tienen sus propias canchas de tenis, una piscina y hasta una sala de billar.

–Ellos son Max y Molly –dijo Lia–. Abajo, perritos, abajo. –Max se agachó, pero parecía que yo le había caído muy bien a Molly, que sostenía mi manga fuertemente asida con los dientes.– Abajo, Molly, abajo. Lo siento, Cat, todavía es muy joven y se excita mucho cuando llega gente.

–Ehh, no hay problema –respondí, mientras Lia la apartaba. Apoyé la bicicleta contra el porche y miré los autos estacionados al costado de la casa. Un resplandeciente *Mercedes* plateado, un *BMW* negro y un *Range Rover*–. El chofer estaba ocupado, por eso vine en mi propio vehículo –agregué, riendo.

Lia sonrió tímidamente.

–¿Quieres pasar? Te enseñaré la casa. Es decir, si a Becca no le molesta hacer de nuevo el recorrido.

–No, claro que no –dijo Becca.

La seguimos por el porche y atravesamos una puerta, que daba a un vestíbulo con cielorrasos altísimos, grandes espejos y una amplia escalera.

–Ésta es la sala –dijo Lia, mientras me conducía a una elegante habitación con un enorme mirador y hermosas cortinas gruesas que llegaban al piso. Por el ventanal se divisaba la vista más deslumbrante de los jardines del frente, que bajaban hacia el mar.

–Aquí tienen su propia playa privada –dijo Becca, que obviamente disfrutaba mucho el paseo–. Y barcos.

Siguiéndolas de habitación en habitación, yo también empecé a disfrutarlo. Me sentía como una turista en una visita a una de esas mansiones históricas. Nunca había visto nada igual, salvo un hotel el año anterior, para la boda de mi tía Brenda. Todas las habitaciones de la planta baja (¡había cuatro salas de estar!) tenían muebles bellos y cómodos, hogares con cestas de leña a un costado, y por doquier había lo que parecían antigüedades muy costosas. Pero lo mejor de todo era que en cada habitación había un televisor. Arriba, todos los dormitorios (¡ocho!) tenían baño privado y algunos también tenían televisor.

–Debe de ser alucinante vivir aquí –observé–. No tener que compartir el dormitorio o el baño y tener tu propia tele debe de ser como tocar el cielo con las manos.

–Bueno, espero que alguna vez vengas a quedarte con nosotros –dijo Lia–. A mamá le encanta recibir gente.

–Sí, por favor –respondí, mientras nos conducía por un pasillo hasta otro dormitorio.

–Aquí vive nuestro Casanova –dijo.

–El cuarto de Ollie –agregó Becca, y me dirigió una sonrisa cómplice a espaldas de Lia.

Me parecía extraño estar mirando sus cosas privadas. Había montones de fotos de él con sus amigos y familiares, y el hecho de verlas me hizo sentir rara. Vuelvan a su caja, ordené a mis pensamientos. No pensaba quedarme allí, pero Becca se puso a examinar los estantes, los libros, los CDs.

Sonrió.

–Investigación. –Luego, mirando a Lia, me dijo–: No te preocupes, le dije que he visto a Ollie y que me gusta mucho. Lia ya conoce todos mis secretos.

Típico de Becca. Demuestra todo lo que siente y jamás puede callar algo por mucho tiempo.

Lia le sonrió.

–Pero no digas que no te lo advertí.

Por un momento sentí una punzada de celos. No por aquella hermosa casa ni nada de eso. Estaba celosa porque antes Bec y yo solíamos tener tan buena comunicación. No había secretos entre nosotras. Y ahora ella compartía secretos con Lia. Odiaba no poder contarle todo lo que me estaba pasando. Era como si se hubiese levantado una pared invisible y yo fuera incapaz de atravesarla.

Pasamos el resto de la tarde recorriendo la casa, pero incluso después de dos horas aún no habíamos llegado a ver todo el jardín.

–Un día debes venir a conocer mi casa –dije, riendo–. Nos llevará menos de cinco minutos. Tres habitaciones arriba, dos abajo y un baño pequeño.

–No les importa, ¿verdad? –preguntó Lia cuando nos detuvimos en la parte más alta del jardín.

–¿Si no nos importa qué cosa? –preguntó Becca, confundida.

Lia señaló toda la propiedad con un gesto de la mano.

–Todo esto.

–¿Que si me importa? Me encanta –respondí.

–Es sólo que a veces la gente se pone un poco rara porque nuestra familia tiene tanto, ¿entienden?

–¿Quieres decir que tienen envidia? –le pregunté.

Lia asintió.

–Espero que esto no impida que seamos amigas.

–Claro que no –dije–. Es decir, claro que me da un poquito de envidia, ¿a quién no? Pero tenía la esperanza de que nos invitaras a Bec y a mí a vivir aquí. Nadie se daría cuenta. Podríamos acampar en uno de los establos, con los caballos.

Lia rió y pareció aliviada.

–Bien, vamos a pedirle a Meena que nos dé algo para tomar.

–¿Quién es Meena? –preguntó Becca.

Lia pareció avergonzarse.

–Nuestra ama de llaves. Lo siento.

Mientras volvíamos a entrar en la casa y llegábamos a la cocina, que era más grande que toda nuestra casa, no pude sino pensar en lo extraña que es la gente. Allí está Lia, que lo tiene todo: belleza, padres elegantes, una casa enorme con ama de llaves, su propio dormitorio, baño, televisor y quién sabe qué más, y sin embargo le preocupa que nosotras no queramos ser sus amigas. Entonces me di cuenta de que lo único que a Lia le faltaba allí eran amigos, que es lo que hace la vida más placentera, ya sea en un lugar inmenso como aquél, o en una casita pequeña como la mía. Cuando muere alguien muy cercano, como la madre de uno, se aprende muy rápido que lo que importa es la gente. Los amigos. La miré con creciente admiración. Ella lo tenía todo pero no era en absoluto presumida, a diferencia de Jade, que se porta como si fuera un regalo del cielo. Los amigos. Eso es lo importante, pensé, y Lia obviamente lo sabe. Ojalá que lleguemos a ser amigas. Y ojalá que Becca y yo volvamos a ser como antes. Si tan sólo pudiera decirle la verdad...

8
Mentirosa, mentirosa

Domingo: Mentiras (1)

Fui a Plymouth con Zoom, Lia, Becca y Mac. Mentí al decir que tenía quince años para que me dejaran entrar al cine. Bueno, todo el mundo hace eso, ¿no? Lia y Becca hicieron lo mismo, de modo que no me siento tan mal.

Lunes: Mentiras (2)

Llegué tarde a clases. Dije que el autobús no había venido, cuando en realidad lo perdí porque Emma se negaba a ir a la escuela con sus bragas a lunares, porque decía que los pantalones rosados dejaban ver los lunares. Hizo tal alboroto que tuve que buscarle otras, y eso me retrasó. No fue mi culpa, pero no podía explicarle todo eso a la Sra. Jeffries.

Becca me preguntó si se le notaba mucho un grano que tenía en la nariz. Le dije que no, pero en realidad era enorme.

Martes: Mentiras (3)

¡Dios mío! Volví a mentirle a Becca, pues su nueva versión de la canción de amor que había escrito resultó peor que la primera. No quise herir sus sentimientos, entonces le dije que estaba bien.

Le mentí a papá. Estuvo trabajando hasta tarde y alquilamos una película de terror, pero le dije que habíamos visto Aladdin, de Disney.

Le mentí a Zoom cuando me preguntó si podía venir. Le dije que tenía tareas que hacer para la escuela, cuando en realidad ya las había terminado y quería mirar la película de terror con Luke, Joe y Emma. Después me sentí egoísta, porque a Zoom le encantan las películas de terror.

Miércoles: Mentiras (0) ¡Viva!

Jueves: Mentiras (5)

Ip. Ip.

Mentí por Luke. Una chica muy pesada de su escuela está enamorada de él, y él no la soporta. Cuando la chica llamó por teléfono, Luke me pidió que le dijera que no estaba. Y eso hice.

Les mentí a dos fanáticos de la Biblia que llamaron a la puerta y me preguntaron si estaba en paz con Dios. Para deshacerme de ellos, les dije que en casa todos adorábamos al Diablo. A Joe y Luke les pareció divertidísimo y, si no se lo hubiera impedido, se habrían puesto las máscaras del Día de Brujas del año pasado, que chorrean sangre, y los habrían seguido por la calle.

Le mentí a alguien que llamó por teléfono mientras cenábamos. Quería visitarnos la semana siguiente y rediseñar nuestra cocina sin cargo. No lograba que cortara, de modo que le dije que éramos una familia hippie y vivíamos en una tienda de campaña y cocinábamos en una parrilla portátil. Papá se rió mucho, de modo que ahora tengo apoyo de todos los sectores para mentir.

Le mentí a Becca, porque otra vez me preguntó por Ollie.

Le mentí a Becca, después de que vio a Jade hablando conmigo mientras entrábamos a la escuela. Jade estaba criticando a Becca y diciendo que no tenía ninguna oportunidad con Ollie. Cuando Bec me preguntó de qué habíamos estado hablando, respondí: «Oh, de ella, como siempre».

Viernes: Mentiras (3)

Le mentí a medias al Sr. Ford, el profesor de física, pues le dije que no había hecho la tarea porque a nuestro ordenador se le había acabado el cartucho de tinta y no había tenido tiempo de ir a Plymouth a comprar otro. Fue una mentira a medias, porque la verdadera razón fue que papá no tenía dinero para comprarlo esta semana, pero no quise decir eso delante de toda la clase para evitar que todos me tuvieran lástima.

Le mentí a Moira Ferguson cuando me invitó a su fiesta el domingo. Le dije que mis primos venían a pasar el fin de semana. No la soporto: es muy mandona.

Le mentí a papá diciéndole que había hecho mi práctica de música cuando, en realidad, hace semanas que ni siquiera miro el piano.

Sábado: Mentiras (1)

Mentí cuando mi abuela llamó por teléfono y me preguntó si me gustaba el abrigo que me había enviado, tejido por ella misma. Le dije que me encantaba, pero me parece horrible.

Estoy angustiada conmigo misma. Siempre me consideré una persona honesta, pero soy la peor de las mentirosas. Me habría gustado hablarlo con alguien, pero la mayoría de la gente me vería como a una loca, o una delincuente, o algo así. Deseé que mamá estuviera aquí. Fui a mi armario, saqué mi caja secreta y la abrí. Allí guardaba todos mis objetos especiales: fotos viejas, tarjetas que Zoom me había enviado y algunas cosas de mamá; una carta de ella, algunas de sus alhajas y un frasco de perfume *Mitsouko* de *Guerlain*. Cuando finalmente retiramos sus cosas de los armarios en el dormitorio de papá, encontré ese frasco y lo escondí. Siempre que lo olía, la sentía presente, como si estuviera en algún lugar de la casa. Le quité la tapa, me puse un poco en la muñeca y aspiré. Como siempre, el suave aroma floral me hizo pensar en ella. ¿Qué habría dicho mamá de todo esto y de que su hija era la peor de las mentirosas? Ella siempre había sido muy franca. Durante toda su enfermedad, había insistido en saber exactamente cómo estaba y en decirnos la verdad acerca de su estado. Una vez la oí decirle a papá que no quería darnos falsas esperanzas y que la muerte era parte de la vida y no había que ignorarla. Lo tomó con mucha valentía y hoy me alegro de haber sabido lo mal que estaba, porque creo que ella tenía razón: habría sido mucho peor si un día hubiera desaparecido sin que supiéramos lo enferma que había estado.

Papá asomó la cabeza.

—La cena está lista, Cat.

Deprisa, guardé mi caja en el armario porque no quería que él me viera triste, pero papá no se fue de inmediato. Se le habían empañado los ojos y parecía buscar a alguien más en el cuarto. Creo que sintió el aroma del *Mitsouko*. Tal vez ése fuera el momento de tener aquella charla, pensé. Nunca nos habíamos sentado los dos solos a hablar de la muerte de mamá.

—¿Estás bien, papá? —le pregunté.

Tosió y volvió a aspirar el aire.

—Sí, estoy bien. Es sólo que... me pareció... no, nada.

Luego se fue antes de que yo pudiera abrir la boca.

Antes de bajar a cenar, saqué la carta de mamá. La había escrito pocas semanas antes de morir y le había pedido a papá que la guardara y me la entregara el día en que yo empezara la secundaria. Decía así:

Mi niña querida:

Ya estás tan grande y lista para empezar una nueva escuela, y cómo quisiera poder estar allí para verte. Quise escribirte para decirte lo orgullosa que estoy de ti. Me has dado muchas fuerzas durante este último año y has sido la luz de mis días. Sé fuerte, Cat. Sé fiel a ti misma y siempre tan valiente como sé que serás. Que Dios te bendiga. Mi amor siempre te acompañará.

Tu mamá

Ya está, pensé. De ahora en adelante, voy a reformarme y a ser valiente como mamá. Desde ahora, voy a decir toda la verdad.

9
Toda la verdad

Empecé la nueva semana llena de alegría y optimismo. Pura como la nieve recién caída: así pensaba ser.

Lunes: Verdades (2)

En el autobús, camino a la escuela, Becca me preguntó qué me parecía su última canción. Le respondí que mejor se dedicara al baile.

Ahora no me habla.

En casa, a la vuelta de la escuela, llamó Josephine Talbot para hablar con Luke.

Él estaba delante de mí agitando los brazos como loco y articulando en silencio las palabras: «No, nooooo». Pero, como estaba decidida a decir la verdad, le dije que sí estaba y le entregué el teléfono a Luke.

Ahora Luke no me habla.

Martes: Verdades (1)

En la escuela, cuando el Sr. Ford me preguntó dónde estaba mi tarea, le dije que no la había hecho. Entonces me preguntó por qué, y le dije que había empezado una nueva temporada de *Dawson's Creek* y que, después de eso, estaba tan cansada que no tuve ganas de hacer algo taaaaan aburrido.

Me hizo quedar después de clase. Pero soy la heroína del grupo.

Miércoles: Verdades (2)

Bec volvió a hablarme, pero el grano que tiene en la nariz está mucho más grande que la semana pasada. Cuando me preguntó si se le notaba, le dije que, en realidad, parecía que ocupaba la mitad de la cara.

Otra vez no me dirige la palabra.

Hoy hubo un pequeño alboroto en casa. Papá iba al videoclub y preguntó qué queríamos ver. Emma le pidió una de terror. Entonces papá dijo: «Pero en esta casa no vemos películas de terror, ¿verdad?»

Esta vez no fue necesario que yo dijera la verdad, porque Emma le enumeró todas las películas que habíamos visto mientras él no estaba.

Estoy castigada.

Jueves: Verdades (2)

Durante el recreo, Mac me preguntó si creía que él podía llegar a algo con Becca. Le dije que no, porque está tan enamorada de Ollie Axford, que ni siquiera mira a nadie más. Es la verdad.

Mac se fue, de mal humor.

En el segundo recreo, Lia me preguntó si me gustaba Ollie. Al principio no supe qué decirle, pero como es mi semana de la verdad, supe que no tenía alternativa y admití que sí. ¡Resultó que ella sabía que yo era «la chica de la playa»! Me sorprendió mucho porque yo creía que él nunca había mencionado mi nombre, pero aparentemente había llamado por teléfono desde Londres; preguntó a Lia si me había conocido y le dijo que yo era la chica con quien había estado en Cawsand. Además me dijo que ella sospechaba que me gustaba Ollie porque me quedo súper callada cada vez que alguien habla de él. Interesante. Parece que a veces no se puede disimular lo que se siente.

Me alegro de haberle dicho la verdad. Si le hubiera mentido, nunca más habría confiado en mí. Pero tuve que rogarle que no se lo dijera a Becca, porque quiero elegir el momento y no quiero lastimarla. Ella accedió y dijo que Ollie le preguntó por mí, ¡¡y que le parece que realmente le gusto!! Agregó que él viene el próximo fin de semana y que irá a Rock con unos amigos. Aaayyy.

Esta semana, hasta ahora, gracias a Dios, Becca no me preguntó por él.

Viernes: Verdades (4) ¡Excelente!

En el autobús escolar, Moira Ferguson me preguntó cómo había estado el fin de semana con mis primos. Era una pregunta tramposa, pero me sentía valiente por ser la reina de la franqueza. Le dije que no habían venido pero que yo no tenía ganas de ir a una fiesta.

Luego, Moira dijo a toda la clase que soy una mentirosa. Bah. Es obvio que no se da cuenta de que soy la campeona de la sinceridad.

Esa tarde, en casa, llamó mi abuela y preguntó si había estrenado el abrigo nuevo. Finalmente admití que no, porque no era de mi estilo. Fue horrible, porque se quedó muy callada y pidió hablar con papá, que luego me dio un sermón acerca de ser diplomática. No es fácil ser diplomática y decir la verdad al mismo tiempo.

Otra vez estoy castigada.

Más tarde, volvieron los fanáticos religiosos y me preguntaron si estaba en paz con Dios. Les respondí que no lo sabía, los invité a pasar y estuvimos debatiendo media hora. Papá me reprendió por hacer pasar a unos desconocidos y Emma se quejó porque les había dado las últimas galletas de chocolate.

Esa noche, durante la cena, alguien llamó para preguntar si necesitábamos un baño nuevo. Le dije sinceramente que sí, lo necesitábamos. Con urgencia. Entonces me dijo que su empresa enviaría un diseñador a nuestra zona la semana siguiente y que podría venir a darnos una cotización sin cargo. Le respondí que eso sería genial, pero que de ninguna manera podríamos pagar un baño nuevo, de modo que sería una pérdida de tiempo. Bien, respondió, buenas noches entonces.

¡Eso sí que fue fácil!

Sábado: Verdades (1)

En el cine de Plymouth, cuando la señora de la boletería me preguntó la edad, le contesté: catorce años. Por supuesto, no me dejó entrar. Luego miró a Becca, que enseguida perdió la compostura y ahora no está muy contenta conmigo. Me llamó una hora después de que llegué a casa y dijo que últimamente me estaba portando de una manera muy rara y preguntó qué me pasaba. Le dije que había decidido decir la verdad, toda la verdad y nada más que la verdad. Dijo que no me molestara y que prefería a la otra Cat.

Al llegar el fin de semana, me sentía más confundida que nunca. Supuestamente, lo correcto es decir la verdad, pero no siempre da buenos resultados. Sin embargo, aún no estaba dispuesta a rendirme.

El domingo, el Sr. Squires nos llevó a mí y a Zoom a Rame Head, pues tenía que reparar un coche que se había descompuesto en el estacionamiento de allí. Mientras él trabajaba, fui con Zoom hasta la colina. A decirle la verdad.

Rame Head es mi lugar favorito en toda la península: una pequeña colina que se interna en el mar, con un diminuto templo druida en la cima. Los hippies del lugar afirman que allí convergen líneas geomagnéticas muy poderosas. No sé si será cierto, pero uno se siente muy bien allá arriba. Lo único que se ve a ambos lados es cielo y mar por muchos kilómetros.

–¿Zoom? –dije, al cabo de un rato de contemplar el paisaje.

Zoom me miró y sonrió.

–¿Qué?

Esta vez estaba decidida a hacerlo. Toda la verdad.

Me sentía muy valiente.

–Ehh, ¿no crees que es hora de que cambiemos…?

Se puso de pie de un salto.

–Sí, está haciendo frío. Se levantó mucho viento. Toma, ponte mi abrigo.

Recogió mi bolso y se puso en marcha colina abajo.

Inténtalo otra vez, pensé, mientras lo seguía.

–Ehh, Zoom. Sabes que te quiero mucho, ¿verdad?

Sonrió.

–Y yo a ti.

–Bueno, estuve pensando que tal vez podríamos volver a examinar nuestra relación.

–Yo ya lo hice –respondió, con descaro–. Cinco puntos para mí, tres para ti.

No pude evitar reír.

–Quiero decir, ¿nunca te sientes atraído por otras chicas?

Meneó la cabeza.

–No. Aunque esa Lia es una belleza.

¿Perdón? Eso no estaba en el libreto y me desconcertó un momento.

–¿Quieres decir que te gusta?

–No.

–Pero te parece una belleza.

–Sí.

Retrocedió unos pasos y me abrazó.

–No tienes que sentirte insegura conmigo, Cat. Tú y yo tenemos algo especial. Deben ser tus hormonas que te están jugando una mala pasada.

Sonreí al oír la frase familiar. Zoom me tomó de la mano y, mirándome con mucha seriedad, dijo:

–Lo que nosotros tenemos está en otro nivel.

Reí, porque ya habíamos bajado media colina: otro nivel.

–Es decir, siempre podemos decirnos la verdad, ¿sabes? –prosiguió.

Asentí, decidida a llegar hasta el fin.

–Sí, principalmente. Somos buenos amigos. Aunque a veces es difícil encontrar las palabras adecuadas para expresar lo que uno quiere decir.

Zoom bajó corriendo por delante los últimos escalones y llegó al campo que daba al estacionamiento. Luego hizo una especie de loca danza india.

—¿Las palabras adecuadas? ¿Como cuáles? ¿Que soy el chico más buen mozo de la escuela? Que soy brillante. Y simpático. Y taaaaan modesto.

Luego corrió el resto del camino hasta el coche.

Sí, pensé, todo eso.

—Y que quiero terminar contigo —dije, pero él estaba demasiado lejos para oírme y el viento se llevó mis palabras.

10
A puro Rock

—**N**.O. No.

—Pero, papá —insistí—. Ya hice todas mis tareas de la casa y de la escuela también. Todo el mundo va. Por favor. Porfi.

Realmente, pero realmente quería ir. Quería tener un día con las chicas. Un día de descanso de la verdad y las mentiras. Un día lejos de todo.

—¿Quién es todo el mundo?

—Becca, Lia, Jade.

—¿Van Zoom o Mac?

—No, los sábados por la tarde tienen fútbol. Pero el papá de Becca nos trae a la vuelta.

—Y ¿cómo van a ir hasta allá? Yo no puedo llevarlas.

—En autobús. Hay uno que sale a las tres.

Papá meneó la cabeza.

—Ya oí hablar de Rock. Allí los adolescentes hacen de todo. Sexo, drogas, alcohol.

—Papá, tengo catorce años, ya no soy una niñita. Puedes confiar en mí. Sólo queremos ir a echar un vistazo. Y el papá de Becca...

—Te oí la primera vez. Las traerá de vuelta. No lo sé, Cat. Puede haber muchos muchachos más grandes esperando que aparezcan chicas como tú.

Eso espero, pensé.

—Si fuera Zoom para cuidarte, podría pensarlo —continuó papá.

De ninguna manera pensaba invitar a Zoom. Era una salida de chicas, pero luego recordé que Lia había dicho que Ollie iría.

–El hermano de Lia irá.

–¿Cuántos años tiene?

–Ehh, diecisiete, creo.

Papá parecía empezar a ceder.

–¿Y va a estar con ustedes o con sus amigos?

–Déjala ir, Peter –dijo Jen, que había estado escuchando desde el vestíbulo. Si va ese muchacho, van a estar bien.

Llegamos a Rock apenas pasadas las cuatro. Todas nos habíamos maquillado en el autobús y estábamos de humor para nuestro gran proyecto: encontrar chicos. Por suerte, Becca había adjudicado mi comportamiento de los últimos días a las hormonas y me había perdonado por decirle la verdad. Estaba hermosa. Era su «gran día». Hacía semanas que estaba ansiosa por conocer a Ollie y había pasado la mañana entera secándose el cabello hasta que le quedó lacio y brillante como seda roja. Ella y Lia se cepillaron por última vez y bajaron del autobús.

–¿Estoy bien? –preguntó Becca, subiéndose el top ajustado–. Tal vez no debí ponerme esto. Me hace enorme. Debería haberme puesto el top azul.

–Becca –le dije–. Te ves fabulosa. Tranquilízate.

Siempre era lo mismo. Desde que la conocía, Becca se había sentido demasiado corpulenta. Como si lo fuera. Es el caso típico de la chica que quiere ser Kate Moss cuando en realidad se parece más a Kate Winslet. Nadie está nunca conforme, pensé. Yo deseaba ser alta y con curvas como ella, y ella deseaba tener cabello lacio como yo.

–Bien, evaluemos la situación –dijo, mirando alrededor la cantidad de autos–. ¿La playa o el café?

–La playa –propuso Lia–. Mejor la aprovechamos antes de que oscurezca. Le dije a Ollie que lo veríamos en el Mariner's Arms como a las seis y media.

–Ollie. Qué bien –dijo Jade, y se puso en marcha por el sendero angosto que conducía al mar entre arbustos de flores amarillas. Becca hizo una mueca a sus espaldas y Lia y yo reímos. Esto iba a estar interesante, pensé. Jade y Becca peleando por Ollie. Yo no, claro; me era completamente indiferente. Bueno, tampoco tanto.

Decidimos caminar por la playa y luego elegir un sitio donde sentarnos a ver pasar la vida. Había muchísima gente para esta época del año, pero supongo que todos querían aprovechar lo que podría ser el último día bonito antes de que empezara el otoño. Había gente de picnic y mirando pasar los barcos; otros, jugando *frisbee* o a la pelota o paseando perros. Del otro lado de la bahía, acababa de llegar un ferry desde Padstow y se veían grupos de adolescentes bajando por la pasarela hacia la playa, evaluando el lugar, como nosotras, buscando algo bueno.

Lia sonrió.

–Creo que quizá tenga que ir a nadar.

–¿Estás loca? –le pregunté. Estaba toda vestida y, aunque era un día de sol, había un viento muy fresco como para desvestirse.

–Ah, ya te capto –dijo Jade–. Decididamente merece un diez.

Seguí la dirección de sus miradas y vi a un chico espectacular con traje de baño mojado, que estaba sentado con un par de binoculares.

–Y yo quizá tenga que ahogarme –agregó Jade, riendo–. Ese guardavidas es divino–. Caminó con aire presuntuoso hacia donde estaba él–. Oh, sálvame, sálvame, me ahogo.

–Ojalá se ahogara –murmuró Becca, mientras el muchacho miraba a Jade y luego se volvía nuevamente hacia el mar con expresión aburrida, como si no fuese nada nuevo.

Después de nuestro paseo, Jade divisó a un grupo de muchachos sentados junto a una de las embarcaciones.

–Parecen divertidos –dijo–. Vamos a sentarnos cerca de ellos.

Lia echó un vistazo y meneó la cabeza.

–No me parece buena idea.

Pero Jade no le hizo caso y fue a sentarse cerca de ellos. Empezó su rutina de coqueteo acomodándose el cabello y mirándolos cada tanto.

Eran cuatro y parecían estar jugando a algo. Tenían montones de latas de cerveza y había un chico regordete con un cronómetro; cada treinta segundos aproximadamente, llenaba los vasos y todos los bebían de un trago.

Mientras terminaba el líquido de su vaso, reparó en Jade, que hacía su rutina.

—La idea es beber lo más posible sin ir a orinar —explicó, con voz muy elegante pero arrastrando las palabras.

—Ah, muy astutos —observó Becca.

—Somos Rupert, hic, Baz, Henry y Patrick —dijo un chico rubio, al tiempo que señalaba a cada uno.

—¿Y cuál es hic? —pregunté a Lia.

—Jade, Lia, Becca y Cat —dijo Jade, que no parecía darse cuenta de que aquellos chicos estaban totalmente borrachos.

—¿A qué escuela van? —preguntó Rupert.

—No les hagan caso —dijo Lia cuando Baz se levantó y fue a sentarse frente a ella.

La miró con los ojos completamente desenfocados.

—Oye, eres preciosa —le dijo—. ¿Quieres que te dé unos besos?

Henry se puso de pie y vino a sentarse junto a mí. Cuando se acercó, su aliento apestaba a alcohol y tuve que reclinarme para alejarme del olor. Se inclinó hacia mí y señaló hacia arriba.

—Las estrellas están en el cielo, Cat —dijo, babeando—. Recuéstate, apoya la cabeza en mi hombro y te las haré ver.

—Vámonos —dije, mientras lo empujaba; me puse de pie y me encaminé hacia la pendiente que daba a los cafés.

—Cat, Cat —exclamó Henry—. No te vayas. Sé buena.

—Qué sarta de imbéciles —dijo Becca, levantándose y siguiéndome—. Alejémonos de ellos.

Lia se puso de pie pero Jade parecía reacia a moverse. Al final no le quedó otra opción que levantarse también, puesto que todas nos estábamos alejando.

–Vengan después a nuestra fiesta en la playa –nos gritó Baz–. En Polzeath Beach. Para entrar, sólo tienen que traer un poco de alcohol o un buen par de... –e hizo el gesto de sostenerse los pechos.

Todos empezaron a reír con sorna; de pronto, Rupert puso cara de estar a punto de vomitar. Cruzó las piernas y se abalanzó detrás de un bote.

–Tengo que mear, tengo que mear ahora... ahhhhhh.

–Los chicos pueden ser muy estúpidos –dijo Lia–. A veces me pregunto para qué nos molestamos.

–Ah, hasta que aparece uno especial –replicó Becca–. ¿A qué hora dijiste que nos encontraríamos con Ollie?

–Como a las seis y media –respondió Lia.

–Son todas unas aguafiestas –dijo Jade cuando nos alcanzó–. Sólo se divertían.

Lia volvió a mirarlos.

–No. Conocí a chicos así en mi escuela anterior. Son todos iguales, como cortados por la misma tijera. Hasta se visten igual, como si fuera un uniforme: mocasines marrones, cinturón marrón, pantalones de gabardina y camiseta de *Ralph Lauren* o *Tommy Hilfiger*.

Me di vuelta para echarles un vistazo. Lia tenía razón. Todos estaban vestidos de la misma manera.

Jade se había ofendido.

–Me pareció que eran buenos para variar un poco y salir de lo que vemos siempre en la escuela.

–Era una pérdida de tiempo –le respondió Lia–. Su lema es «Vida y Cerveza».

Seguimos por el camino hacia el pub. Había un grupo de muchachos mayores sentados en un muro y no pude dejar de notar que ellos también tenían el mismo uniforme. Zapatos marrones, cinturón marrón, pantalones de gabardina. Uno de ellos meneó la cabeza cuando pasamos.

–Demasiado jóvenes, demasiado jóvenes –dijo, con aire triste. Él también parecía borracho y, un momento después, se cayó de espaldas.

La acera del Mariner's Arms bullía de adolescentes. Habría unos cincuenta allí, riendo, bebiendo, estudiándose.

–Esto es el paraíso –dijo Jade, volviendo a animarse al observar los grupos de chicos en la multitud–. Me siento como en casa. Esteee... voy a dar una vuelta. Hasta luego.

Dicho eso, desapareció.

Becca sacó su espejo para renovar su lápiz labial.

–Dios mío –chilló–. Mi pelo. Se enruló.

Pobre Becca. Su cabello es la maldición de su vida. Personalmente, creo que le sientan bien los rulos, pero ella los odia y siempre está comprando productos nuevos para mantenerlo lacio. Nunca le sirven de nada, porque apenas sale de su casa –especialmente si hay humedad en el aire, como aquí– recupera sus rulos naturales.

–Tengo que arreglarme antes de que veamos a Ollie –dijo–. Voy a buscar el baño. No hagan nada sin mí.

Le aseguramos que no, pero ya veíamos algunos chicos que nos miraban y se codeaban.

–Disculpa –dijo un chico de cabello oscuro que se acercó a Lia–, por casualidad, ¿tendrás unos calzones para prestarme?

Lia se desconcertó, pero yo estaba intrigada; nunca había oído a nadie iniciar una conversación así.

–Lo siento –le respondió Lia–. No me queda ninguno.

–Entonces, ¿me cambiarías los que tienes por los míos? –insistió él, mientras empezaba a bajarse la cremallera de los pantalones.

–Desaparece –replicó Lia, dándole la espalda.

Luego se me acercó un chico.

–¿Tienes una moneda de veinte? –me preguntó.

Busqué en mi bolso.

–Ehh, no... Sólo tengo de una libra.

–Tiene que ser de veinte –dijo, sonriendo.

–¿Por qué?

–Para llamar a tu papá y avisarle que esta noche no vuelves a casa.

–¡Cat! –interrumpió una voz severa detrás de mí–. ¡Sabes muy bien que no puedes salir del reformatorio sin un guardia!

Di media vuelta y allí estaba Ollie.

–Ya puedes irte –le dijo al otro chico–, antes de que le dé uno de sus ataques y te mate.

El chico huyó y eché a reír, mientras Ollie me miraba, sonriendo.

–Hola, Cat –dijo.

Como siempre, estaba divino. Allí había algunos chicos bastante lindos, pero Ollie se destacaba entre todos. De pronto, el ambiente parecía haberse suavizado, como si la realidad se hubiese desdibujado un poco.

–Hola –respondí.

En ese momento, Becca reapareció en la escalera del pub. Al ver a Ollie, se puso más colorada que su cabello y avanzó entre la multitud, ruborizada como una novia camino al altar.

–Ollie, Becca, mi amiga –dijo Lia–. Becca, Ollie.

Ollie la miró con una sonrisa cautivante.

–¿Alguna vez te dijeron que te pareces a Nicole Kidman? –le preguntó.

No podría haber dicho nada mejor. Nicole es más delgada que Kate Winslet. Becca estaba volando. Cautivada. Perdidamente seducida.

–Y yo soy Jade –ronroneó Jade, apareciendo de la nada y tomando a Ollie del brazo–. Tú debes ser el famoso Ollie Axford.

11
Secretos, mentiras y verdades

El viaje de regreso de Rock fue una pesadilla. El padre de Becca fue a buscarnos a las diez, como habíamos arreglado, y Becca se sentó atrás y no abrió la boca en todo el viaje. Estaba furiosa con Jade, que había acaparado a Ollie desde que le había puesto los ojos encima. A él no parecía molestarle; de hecho, más bien parecía disfrutar tanta atención. Más tarde, cuando llegó el padre de Bec, Jade rehusó el aventón y se las ingenió para volver con Ollie.

Becca se puso casi histérica al tener que dejarlos y tuvimos que empujarla para que subiera al coche, para gran confusión de su padre.

Lia vino con nosotras, aunque se suponía que volvería con Ollie. No quería dejar a Becca y trató de calmarla. Pero no sirvió de mucho porque, una vez que subimos al coche, los labios de Becca se sellaron.

El silencio que había en el auto era tan incómodo que hice un esfuerzo por aligerar el ambiente charlando con el Sr. Howard pero, por dentro, no podía evitar sentir celos yo también. Celos porque Ollie le había seguido el juego a Jade. Y porque no me había prestado tanta atención. Buena amiga soy.

«Todo parecerá mejor por la mañana», solía decir mi mamá. Al cabo de un rato, decidí seguir su consejo: me acomodé en el asiento trasero y me dormí.

El domingo, sonó el teléfono.

—Y ¿oíste cómo ponía la voz grave y seductora cuando hablaba con él? —preguntó Becca.

–Probablemente no pasó nada –respondí–. No estaban completamente solos; estaba el amigo de Ollie y esas otras chicas de Londres.

–Lo sé –dijo Becca–. Creo que la que se llamaba Tassie también gustaba de Ollie.

–Ya ves, no tienes por qué preocuparte. Jade tenía competencia.

–Tienes que averiguar qué pasó, Cat. No soportaré hablar con ella y que se jacte conmigo.

–¿No hablaste con Lia? Tal vez sepa algo.

–Te llamo más tarde –dijo Becca–. La llamaré ahora mismo.

Cinco minutos después, llamó Lia.

–Bec está muy alterada –dijo.

–Lo sé. ¿Qué pasó? ¿Volvió Ollie?

–Sí, más o menos media hora después que nosotras, así que no pueden haber hecho mucho.

–¿No te contó nada?

–Aún no se ha levantado pero, francamente, no creo que Jade sea su tipo de chica. Es demasiado agresiva y Ollie prefiere los desafíos.

–¿Crees que le haya gustado Becca?

–Es difícil saberlo, Cat. Él coquetea con todo el mundo. Ya te dije cómo es.

–Lo sé. Becca está muy enojada.

–Pero ¿y tú, Cat? ¿Qué sientes ahora por Ollie?

–No lo sé, en realidad. Estoy más confundida que otra cosa.

–¿Ya terminaste con Zoom?

–No, pero lo haré muy pronto.

–Bien. Y… ¿Cat?

–¿Sí?

–Quiero hablar contigo sobre algo. No por teléfono. Un día en la escuela, cuando estemos solas.

Quedé intrigada. ¿De qué querría hablar conmigo?

El lunes, en la escuela, Jade andaba por ahí pavoneándose como quien se salió con la suya. Sin revelar nada, nos sonreía con aire presumido.

Durante el recreo, la acorralé en el patio.

—Esteee... ¿a qué hora volviste el sábado? —le pregunté, tratando de sonar indiferente.

—Ollie me dejó en casa como a la una.

¿A la una? Lia había dicho que Ollie regresó poco después que ella. Obviamente, Jade mentía.

—La pasaste muy bien, ¿eh?

Jade no pudo contenerse.

—Me invitó a la fiesta.

—¿Qué fiesta? —le pregunté, antes de poder controlarme.

—La de los Axford. Será la fiesta del año. Su papá cumple cincuenta años o algo así. ¿Por qué? —preguntó, disfrutando maliciosamente el momento—. ¿Tú no sabías nada?

—Ehh, creo que Lia mencionó algo —respondí.

Debes seguir con las verdades a medias, me dije. Era verdad que Lia había mencionado que quería hablar conmigo sobre algo; tal vez se trataba de la fiesta. Esa era mi nueva filosofía después de mi maratón de franqueza de la semana anterior. Una verdad a medias no causaba tantos problemas y a veces ayudaba a salvar las circunstancias. En este caso, las mías.

—No sé cómo a Becca se le ocurre que puede tener posibilidades con él —prosiguió Jade—. De hecho, preguntó más por ti que por ella. ¿Seguro que no lo conocías? Me pareció que se trataban con bastante confianza cuando él se acercó.

—Quizá lo vi por ahí —respondí, aunque me moría por saber qué había dicho de mí.

—En fin, Becca es demasiado nena para él. Es obvio que busca a alguien un poco más madura, como yo.

—Si tienes apenas un año más que Bec —repliqué, recordando aquel día en la playa en que había conocido a Ollie. A él no parecía preocuparle la edad–.Y tú ¿cómo lo sabes? –pregunté–. Yo sé de buena fuente que la edad no es algo que lo detenga.

Jade me miró con atención.

–¿De qué buena fuente? ¿Lia?

–No, alguien que conozco.

Jade asintió lentamente como si se le estuviera encendiendo una bombilla de luz en su cabeza. –Ah, ya entiendo. Ya me parecía que ustedes se habían conocido antes de ir a Rock. Tú eras la chica con quien estuvo en Cawsand, ¿verdad? ¿Sí o no? Si no, ¿cómo habría sabido tu nombre?

Sentí que me ponía colorada. Maldición.

No respondí.

–¿Y Becca y Zoom saben de tu pequeña aventura? –preguntó Jade.

–No hay nada que contar –repliqué, turbada.

–Yo creo que sí –dijo, riendo–. Creo que hay mucho que contar y que les interesará mucho oírlo.

12
Se revela el secreto

—¿Qué vas a hacer? —me preguntó Lia más tarde, mientras salíamos de la escuela.

—No sé —respondí—. No tengo idea. Becca todavía no superó lo del sábado. Lo único que le falta es esto.

—¿Jade habrá hablado con ella?

—No lo creo. Bec estuvo con nosotras todo el almuerzo y su mamá la retiró temprano de la escuela para llevarla al dentista, de modo que no creo que Jade haya podido decirle nada. A Zoom, no lo sé.

A la salida de la escuela, había montones de automóviles y padres que bloqueaban el paso, pero no habían venido a recoger a Lia, de modo que me acompañó a la parada del autobús. En la hilera de vehículos que esperaban para salir del camino, divisé a Jade y Mac en el asiento trasero del viejo Daimler de su madre. Jade estaba hablando por su teléfono móvil. Levantó la vista cuando pasaron frente a nosotras, hizo una especie de saludo como los de la realeza y luego señaló su teléfono. Maldición, pensé. ¿Con quién estará hablando? ¿Con Zoom, con Becca, o estará poniendo un anuncio en el periódico local? No me habría extrañado en ella. "Cat Kennedy descubierta en escándalo amoroso en la playa de Cawsand."

—¿Qué crees que debo hacer, Lia?

—Dos cosas. Debes hablar con Zoom y Bec antes de que lo haga Jade. Gánale de mano. Y en segundo lugar, creo que debes pensar muy seriamente qué es lo que quieres.

–Eso es obvio, ¿no? No quiero perder a mis dos mejores amigos. Y que piensen que ya no pueden volver a confiar en mí.

–No me refería a eso –dijo Lia–. Me refería a lo que quieres tú. Tú. Cat Kennedy.

–En este momento, lo que yo quiero no es importante.

–Exactamente –dijo Lia, y luego quedó callada unos minutos como si estuviera pensando qué decir luego–. Sé que no hace tanto que nos conocemos, Cat, así que dime si te parece que me estoy metiendo en tu vida... pero de esto quería hablarte. Es que me parece que siempre te pones al final de la lista.

–¿A qué te refieres?

–No digo que esté mal; de hecho, me agrada que pienses en los demás y en lo que les pasa. Pero tengo la impresión de que, al hacerlo, te has perdido por el camino. Como que piensas que tú no importas y todos los demás, sí. Es decir, ¿quién toma en cuenta lo que sientes tú? ¿Lo que tú quieres o necesitas?

Con gran sorpresa, sentí que se me llenaban los ojos de lágrimas.

–Dios mío, lo siento –dijo Lia–. Ya metí la pata. Cat, no quise hacerte... cielos... quiero decir... lo que quise decir es... que estás atascada en una relación que ya no avanza. Quieres un cambio, pero no quieres lastimar a Zoom, y por eso no le has dicho nada. Te gusta Ollie, pero no quieres lastimar a Becca, entonces otra vez sacrificas tus sentimientos para que todos los demás la pasen bien. Yo... creo que a veces deberías pensar en ser fiel a lo que tú sientes en lugar de tratar de proteger tanto a los demás.

Lia tenía razón. Había estado tan concentrada pensando en cómo tomarían los demás la verdad que ni siquiera había pensado en ser fiel a mí misma. Parpadeé para contener las lágrimas que amenazaban derramarse por mis mejillas.

–Deben ser mis hormonas –bromeé, enjugándome los ojos.

–Lo único que intentaba decirte, Cat, es que tú también importas. Te pasas la vida tratando de mantener la paz y de que todo el mundo esté bien, pero siempre a costa de ti misma.

Sentí que mis ojos volvían a llenarse de lágrimas.

–Lo siento. Lo siento. No seas buena conmigo, no seas buena conmigo –dije, cubriéndome la cara con las manos.

Lia puso la mano sobre mi brazo.

–Pero claro que voy a ser buena contigo, Cat. Has sido una gran amiga desde que llegué aquí. Y las amigas se cuidan.

En ese momento, sonó la bocina de un *Mercedes* plateado y Meena saludó desde el asiento del conductor.

–Me vienen a buscar –dijo Lia–. ¿Quieres que te llevemos? Me sentiría muy mal dejándote así.

Meneé la cabeza.

–El autobús llegará enseguida. En serio. Ve tú.

Lo cierto era que quería tener tiempo para pensar en lo que me había dicho Lia y resolver qué les diría a Bec y a Zoom antes de que Jade pudiera hablarles.

–Cuando llegué a casa, tomé el teléfono inalámbrico del vestíbulo y corrí a mi cuarto. Emma había acomodado todas sus muñecas en la cama de abajo y les daba de comer bizcochos digestivos.

–No, Emma –protesté–, hay migas por todas partes. ¿No puedes jugar a eso abajo?

–Ahí están Luke y Joe –respondió, tratando de alimentar por la fuerza a una de las muñecas–. Abre la boca, muñeca mala. –Como la muñeca se negaba a comer, le sacó la cabeza, le metió el bizcocho en el cuerpo y volvió a ponerle la cabeza–. Ahora sí, buena niña, ahora tienes la barriga llena.

–No puedes hacer eso, Emma –dije, riendo a pesar de mi desdicha–. No te gustaría que te lo hicieran a ti.

–No. Pero a mí no se me sale la cabeza –replicó, muy seria–. Joe trató de sacármela, pero está pegada.

–Mira, Em, necesito el cuarto un momento –le dije.

–Es mi cuarto también –respondió.

–Pero necesito privacidad. Quiero hablar por teléfono.

–No importa. Yo no diré nada.

–Emma, por favooooor.

–Entonces usa el cuarto de Luke y Joe, que están mirando la tele –insistió Emma.

Qué no daría por tener mi propio cuarto, pensé por enésima vez, mientras entraba a la habitación de los chicos.

Joe no estaba abajo sino haciendo su tarea escolar en el suelo, de modo que tampoco podía tener una conversación privada allí. Di media vuelta y me dirigí al baño.

–¿Qué hay después del espacio, Cat? –preguntó Joe mientras yo cerraba la puerta del baño con llave.

–Más espacio –le respondí. Puse un par de toallas en la bañera, me metí y marqué el número de Becca.

Llamaron a la puerta.

–¿Qué hay después de más espacio? –preguntó la voz de Joe–. ¿Al final del universo?

–No lo sé. Vete... oh, hola, no, tú no, Becca. Habla Cat.

–¿Ajá? –respondió una voz somnolienta.

–¿Estás bien? ¿Cómo te fue con el dentista? ¿Mal?

–No. Sólo tengo la boca un poco dormida.

–Bueno, qué suerte –dije–, porque necesito decirte algo. Lo único que tienes que hacer es escuchar. Es sobre Jade. ¿Te acuerdas de aquella vez en Cawsand con Ollie...

–Ya lo sé todo –interrumpió Becca–. Ya me llamó...

Mi corazón empezó a acelerarse.

–¿Ya...?

–Sí. Sigue tratando de sembrar cizaña –continuó Becca–. Es una falsa.

–¿Qué te dijo?

–Que estuviste con Ollie en la playa de Cawsand hace unas semanas.

–Y ¿qué le contestaste?

–Que ya lo sabía. Ja. Le tapé la boca. Ella creía que era un gran secreto o algo así, y que me iba a escandalizar mucho. Le dije que se metiera en sus cosas y que yo ya lo sabía porque tú me lo habías dicho. Pero no le dije que estabas hablando con Ollie por hacerme un favor.

–¿Eso es todo lo que te dijo?

–Sí.

Suspiré, aliviada. De modo que ahora Jade pensaba que Becca lo sabía todo y por eso no había mencionado que yo era la chica a quien Ollie había besado. Qué alivio. Pero tal vez sería mejor contarle el resto y esperar que no me odiara para siempre. Al menos la verdad a medias, que era mi nueva manera de resolver las cosas.

–¿Becca?

–¿Sí?

–Acerca de Ollie. Siento que no fui del todo sincera contigo porque, en realidad, eh, sí me parece atractivo.

–Claro –dijo Becca–. Tendrías que ser ciega o estúpida para que no fuera así. No estarás diciendo que estás tras él, ¿no?

Era hora de aclarar las cosas. Respiré hondo y me lancé:

–No, Becca. Tú lo viste primero y yo jamás…

–Espera, Cat, llaman por la otra línea. Te llamo en un momento…

Me incorporé en la bañera y decidí ordenar los frascos de champú y otras cosas mientras esperaba. Luke, Joe y Emma siempre dejan todos los frascos destapados. Eso me vuelve loca. Y nunca dejan el jabón en su bandeja, entonces se ablanda. Grrr.

Estaba enjuagando el pato de plástico de Em cuando Becca volvió a llamar.

–¿Sabías esto? –preguntó, con tono urgente.

–¿Qué cosa, Bec? ¿Si sabía qué?

Al principio no dijo nada pero, siendo Becca, no pudo contenerse por mucho tiempo.

–No puedo creerlo... –dijo.

–¿Qué cosa? ¿Qué?

No, pensé; seguro que la que llamaba por la otra línea era Jade y le contó a Becca toda la historia sobre mí y Ollie. Justo cuando las cosas iban tan bien y estaba a punto de contárselo yo misma.

–Jade volvió a llamar –dijo Becca.

Prepárate a morir, Cat Kennedy, pensé.

–¿Sabías sobre esa fiesta? –prosiguió.

–¿Fiesta? Ah, sí, más o menos; la del padre de Lia. Jade dijo que Ollie la invitó.

–Exactamente –dijo Becca–. Y ¿por qué Lia no nos invitó a nosotras?

–Bueno, no es su fiesta, Bec. Es de su papá –le recordé, para defender a Lia, aunque tuve que admitir que sí se me había ocurrido que quizá nos invitara. Especialmente ahora que iría Jade.

–Llamó sólo para jactarse de que Ollie la había invitado –prosiguió Becca–. Así que le dije que nosotras ya teníamos invitación.

–No habrás hecho eso.

–Sí. Me encantaría ir, Cat. Y estoy segura de que es sólo cuestión de tiempo. Seguro que Lia va a invitarnos.

Recordé lo que me había dicho Lia acerca de ser amigas, entonces ¿por qué no había mencionado la fiesta?

–Bueno, pero tal vez deberíamos esperar a que nos inviten antes de andar diciendo por ahí que iremos.

–De acuerdo –dijo Becca–, pero seguro que va a invitarnos.

–Sí –respondí–. Seguro que sí, y ¿Bec?

–¿Sí?

–Sólo quería decirte...

–Oh. Espera –dijo, y la línea quedó en silencio un momento–. Debo irme, Cat. Mamá me llama para cenar.

Y entonces colgó.

13
Gatos encerrados

Después de la cena, fui a buscar a papá al jardín. Cuando hacía calor, solía salir al atardecer para fumar. Estaba sentado en el banco bajo el manzano, en el fondo del jardín, de modo que decidí llevarle una taza de café y hacerle compañía un rato.

–Gracias, Cat, eres muy amable –dijo, aceptando el café.

Me senté a su lado en el banco y me pregunté cómo empezar la conversación. La charla con Lia me había dejado pensando. Ahora estaba decidida a averiguar qué quería él: si creía que él no importaba porque todos los demás figuraban antes en su lista. No puede ser fácil criar a cuatro hijos, pensé, sin una esposa con quien conversar. Al menos, cuando se tiene una pareja, se puede compartir la responsabilidad y se cuenta con el apoyo recíproco cuando las cosas se ponen difíciles. Decidí que mi papá debía sentirse muy solo.

–¿En qué piensas, papá?

–Oh, nada importante. Cosas de trabajo.

–Y, eh… ¿eres feliz?

–¿Feliz? ¿Qué clase de pregunta es esa, Cat?

–Sólo quiero que me digas cómo estás, si no te sientes solo.

Papá suspiró.

–Todo el mundo se siente solo a veces, Cat, pero se sigue adelante…

–Bueno, quería saber si tenías con quién hablar. Supongo que cuentas con Jen, pero sólo viene una vez al mes.

–¿A qué viene todo esto?

–Sólo me preguntaba cómo te sientes. Hace ya cinco años que murió mamá y, bueno, ¿crees que algún día Jen vendrá a vivir con nosotros?

–Bueno, en realidad eso no es asunto tuyo, ¿verdad, Cat? –respondió, poniéndose de pie–. No te concierne en absoluto.

Dicho eso, entró a la casa con grandes pasos como si le hubiera dicho algo muy malo. Sentí que me había quitado del medio cuando sólo trataba de ser amigable. Si no podía tener una verdadera conversación con mi papá, entonces ¿con quién? No era asunto mío, dijo. Podríamos hablar de muchísimas cosas si él se abriera, pero obviamente no quería hacerlo. No era asunto mío.

Tenemos una relación extraña, pensé, sentada allí observando cómo el cielo pasaba de azul a lavanda y luego a azul marino. Los dos evadimos lo que realmente pasa con medias verdades que no revelan la historia completa. Nos mantenemos a salvo por fuera, pero por dentro nos pasan muchas cosas, sé que sí, y ojalá tuviéramos la valentía de abrirnos y expresar lo que realmente pensamos y sentimos. La pura verdad.

¡Ip! ¡Dejar salir la pura verdad! Recordé a Zoom. ¿Ya le habría hablado Jade? Sería mejor que lo llamara enseguida.

Corrí otra vez a mi oficina privada en el baño y marqué el número de Zoom.

–Va camino a tu casa, querida –respondió la Sra. Squires. Lo llamaron por teléfono y salió deprisa.

Diablos, pensé. Ya está. Jade lo llamó y viene a confirmarlo conmigo. Lo último que yo quería era una pelea. Tuve ganas de esconderme. Mi intento de hablar con papá me hizo sentir rechazada y no estaba de ánimo para más problemas.

Mientras salía del baño, oí que alguien llamaba a la puerta trasera. Corrí escaleras abajo y encontré a Luke.

–Luke, Luke. Zoom está afuera. Dile que no estoy.

–¿Dónde vas a estar?

–Ehh, cuando las cosas se ponen difíciles… en el armario bajo la escalera –respondí, mientras me zambullía dentro del armario y me escondía detrás de una chaqueta. Me sentía una hipócrita. Hacía un momento pensaba que papá y yo teníamos que ser valientes y decirnos la verdad. Y ahora me escondía porque, si bien la valentía es una buena idea en teoría, en la realidad es otra cosa.

Zoom volvió a llamar.

–Afuera. Afuera. Dile que salí –susurré entre los abrigos.

–Sí, sí –dijo Luke–. Ya te oí.

–¿Está Cat? –oí preguntar a Zoom cuando Luke abrió la puerta.

–Ehh, no –respondió Luke.

–Bueno, ¿sabes dónde está? Tengo que hablar con ella.

Luke vaciló y gritó hacia adentro:

–Y ahora, ¿qué le digo, Cat?

Podría haberlo matado. Debí suponer que me metería en problemas porque lo había traicionado con la llamada de Josephine Talbot la semana anterior. Treinta segundos más tarde, se abrió la puerta del armario, Zoom apartó los abrigos y lanzó una carcajada.

–¡Cat! ¿Qué diablos haces ahí adentro?

Lo hice entrar al armario conmigo.

–En esta casa no hay paz. Emma está en el dormitorio; papá, en la sala; Luke, en la cocina y Joe, arriba. Yo, eh… vine aquí buscando un poco de paz.

Verdad a medias, pensé; no podía decirle que estaba escondiéndome de él.

Zoom ni siquiera parpadeó.

–Qué bueno –dijo, y se acomodó en el suelo al fondo del armario, junto al medidor de electricidad–. Veo que a Mogley también le gusta estar aquí.

No me había dado cuenta, pero ahí estaba la gata, acurrucada en una vieja caja de zapatos.

–Vine apenas me enteré –dijo Zoom, acariciando a Mogley.

–Ah, entonces te enteraste...

–Sí... Supongo que Lia te lo dijo.

–No, me lo dijo Jade. Traté de decírtelo, Zoom... ¿recuerdas aquel día? ¿Cómo que Lia? ¿Por qué habría de decírmelo ella? ¿Decirme qué cosa?

–Estoy contentísimo –dijo, con la cara iluminada.

–¿Contentísimo?

–Sí. Me llamó Lia. Ya sabes... ¿por la fiesta?

–¿La fiesta?

–Sí.

Era obvio que hablábamos de dos cosas distintas y yo estaba cada vez más confundida. ¿Acaso Lia lo había invitado a él y no a mí ni a Becca? ¿Por qué? Me obligué a respirar hondo. Contrólate, Cat.

–De acuerdo. Estás contento. Eso es bueno. ¿Qué es eso de la fiesta?

–Mi primer trabajo, Cat. Conseguí mi primer trabajo. Me encargaron un video de la fiesta de los Axford. Aparentemente la Sra. Axford no quería que lo hiciera un extraño porque habrá mucha gente famosa. Y no quería pedírselo a alguno de sus amigos porque no podrían hacer el video y disfrutar la fiesta a la vez. Lia sabe que estoy en el tema, pensó en mí y se lo dijo a su madre. Pero lo mejor de todo es que van a pagarme. –Sonreía de oreja a oreja–. Es buen dinero, Cat. Muy buen dinero.

–Ah. –Empezaba a caer–. ¿Suficiente para ese curso de cine?

–Sumado a lo que llevo ahorrado, sí, suficiente para el curso.

Me senté a su lado y lo abracé.

–Zoom, eso es excelente. Me alegro mucho por ti, de verdad. Y, eh, ¿te llamó Jade?

–Ah, sí, me dijo unas tonterías acerca de que estuviste en la playa de Cawsand con Ollie. Se molestó mucho cuando le dije que eso ya era historia y que ya lo sabía.

–¿Cómo? ¿Cómo que ya lo sabías?

–Vamos, Cat. Yo estaba allí.

–¿Allí? ¿En la playa de Cawsand? Cuando estaba con Ollie. No te vi.

Dios mío, pensé. ¿Qué habría visto?

–Despierta, Cat. No, en la playa de Cawsand, no. Cuando jugamos a Verdad-Consecuencia en la playa de Whitsand. ¿Te acuerdas? ¿La última fiesta playera del verano? Cuando Becca te retó a que fueras a hablar con Ollie por ella.

–Ah, cierto –dije.

–¿Estás bien, Cat?

–Sí. Más o menos. ¿Por qué? –pregunté, riendo.

–Tengo la impresión de que no me estabas escuchando del todo.

–Sí te escuché. Lo juro. Pero ¿alguna vez pensaste que la gente sólo oye lo que quiere oír, no importa lo que uno le diga?

Asombroso, pensé. Jade había hecho lo posible por arruinarme, pero Becca y Zoom habían oído sólo lo que querían.

–Sí. Y ve lo que quiere ver –dijo Zoom, sacando una linterna de la caja de herramientas de papá, que estaba en el suelo. La encendió bajo su mentón para parecer un espectro–. Buuuuu.

Nos quedamos sentados bajo los abrigos, jugando a quién ponía la cara más horrorosa con la linterna y charlando de todo, como siempre. Él tenía muchas ideas para el video, qué música le pondría y cómo editaría todas las imágenes que pensaba filmar, para contar la historia de la fiesta.

Está bien, pensé, no siento una loca pasión por él, pero aún lo quiero y nos divertimos juntos. Sentí una punzada de angustia por la necesidad de tener *la conversación* en la que le diría, al fin, que habíamos terminado. Mirándolo sentado allí tan cómodo, con las piernas extendidas, acariciando a Mogley, pensé: ha sido parte de mi vida casi desde que tengo memoria. No quiero perderlo y desde luego que no voy a arruinar este momento terminando con él esta noche. Una vez más, no era la ocasión adecuada y, echando una mirada a mi alrededor, ¡tampoco el suelo del armario bajo la escalera era el lugar indicado!

14
Cat-ástrofe

—Becca, Cat, esperen —llamó Mac al día siguiente, mientras entrábamos a la escuela—. ¿Se enteraron de la fiesta? —preguntó.

—Sí —respondí—. ¿Vas a ir?

—Sí. Bueno, algo así. De hecho, mi mamá me pidió que hablara con ustedes dos. ¿Se acuerdan de que les conté que ella preparaba comidas elegantes para gente rica cuando vivíamos en Londres?

—Sí —dijo Becca—. ¿Y?

—Ella estará a cargo del servicio de la fiesta. Le encargaron la comida para el festejo de los Axford. ¡Para doscientas personas! Entonces necesita personal. Me pidió que les preguntara si quieren trabajar de camareras esa noche. Yo voy a hacerlo. Cincuenta libras para cada uno. ¿Qué les parece?

—¿Quééééé? —Becca quedó boquiabierta—. ¿Jade sabe que nos estás proponiendo esto?

—Sí, de hecho fue ella quien se lo sugirió a mamá. Mamá se lo ofreció a ella también pero, bueno, ya conocen a Jade. Se cree una princesa y atender a la gente sería para ella como rebajarse. Además, creo que está invitada. Pero, oigan, cincuenta libras por trabajar una noche no está mal y podremos ver quiénes van y qué hacen y todo eso.

Becca tenía la cara de quien se entera de que ganó la lotería pero perdió el billete.

—Sí. Será muy divertido ver a Jade luciéndose con Ollie y a todo el mundo divirtiéndose mientras nosotros trabajamos en la cocina. No cuentes conmigo.

Mac parecía desconcertado.

–¿Cuál es el problema? Cincuenta libras y un trabajo fácil. Jade dijo que te interesaría mucho.

–No me extraña –dijo Becca–. Debe de haberse dado cuenta de que le mentí cuando dije que estábamos invitadas. Y ahora, ya la imagino diciendo: «Oh, a mí me invitaron y tú, pobrecita, tienes que trabajar de mesera. Tráeme otro trago, ¿quieres?»

–A mí me vendría bien el dinero, Bec –intervine–. Y tal vez, en algún momento, podría, «sin querer queriendo», derramar una bebida sobre Jade.

–A veces entiendo lo que sienten ustedes –rió Mac–. Al menos no tienen que vivir con ella. Entonces, ¿qué le digo a mamá? Le dije que le avisaría. ¿Quieren hacerlo?

–Nos van a invitar –insistió Becca–. Lia es nuestra amiga.

–Y ¿qué le digo a mamá?

–Aún no lo sé –dije, mirando cómo Becca se alejaba, furiosa, a formar fila–. Es que ir como meseras no era la invitación que esperábamos.

La Ley de Murphy: Lia no estaba en la fila. Tampoco en clase. Y no atendió el teléfono móvil cuando Becca la llamó por quinta vez al bajar del autobús, después de clases.

Fuimos a sentarnos sobre el muro al final de Kingsand y Becca volvió a llamar.

–Déjale un mensaje –le susurré cuando me hizo señas de que atendía el contestador, pero cortó.

–No quiero parecer desesperada –se excusó–. Sería horrible si le dijera: «¿Y nuestras invitaciones, Lia?» y ella no tuviera intenciones de invitarnos.

–Tal vez deberíamos olvidarlo –dije–. No es el fin del mundo.

–Sí lo es –replicó Becca.

—Tienes razón, sí lo es. Doscientas personas. Va a ser una megafiesta. Dios. ¿Por qué nunca es fácil cuando uno quiere algo?

Becca asintió.

—Creo que tenemos que enfrentar los hechos. Es decir, Jade está invitada. Y Zoom está invitado. Si Lia pensara invitarnos, ya nos habría llamado, ¿no crees?

—Supongo que sí. Tal vez tiene una cantidad limitada de invitaciones y ya las usó con amigos de su escuela anterior.

—Quizá no nos quiere como amigas. Digo, supongo que ella vive en otro mundo, ¿no es cierto? Tal vez cree que le haremos pasar vergüenza y que sólo podemos ir como meseras, ¿Qué crees tú?

Me encogí de hombros.

—Sería una decepción. Realmente creía que éramos amigas, pero bueno, como dice papá, hay que seguir adelante... Ya trabajé de mesera en el pueblo y puede ser divertido.

—Pues yo nunca en la vida me sentí tan insultada —repuso Becca—. Creo que no podría hacerlo, con Jade allí.

—De acuerdo, ¿qué prefieres? ¿Que no te inviten e ir como mesera, o que no te inviten y perdértelo todo?

—Bueno, dicho así —dijo Becca—. Supongo que esos trajes de mesera pueden llegar a ser sexys.

En ese preciso momento, un bocinazo nos llamó la atención. Levantamos la vista y vimos un *Ka* turquesa metalizado que frenaba junto a la acera, frente a nosotras. Ollie bajó la ventanilla y nos saludó con la mano.

—Aquí están —dijo a Lia, que iba en el asiento del acompañante.

Lia bajó de un salto y se acercó adonde estábamos sentadas.

—Vengo de tu casa, Becca —dijo—. Y estaba camino a la tuya, Cat. Estoy repartiendo esto.

Me puso un sobre blanco en la mano. Tenía mi nombre escrito con una letra hermosa.

–La tuya te espera en tu casa, Becca. Son invitaciones para la fiesta de mi papá. Iba a traerlas hoy a la escuela, pero mi caballo se cayó esta mañana y tuve que llevarlo al veterinario para ver si estaba bien...

Ollie estacionó el coche y se acercó a nosotras.

–Yo las diseñé –anunció con orgullo–. Lamento que las suyas lleguen tarde, pero mamá invitó a tanta gente que se acabaron las invitaciones y tuvimos que encargar más. Apenas hoy llegaron de la imprenta.

Abrí el sobre y reí al ver lo que había adentro. Era una tarjeta. Tenía una foto de un vaso de whisky de cristal, pero en lugar de contener whisky con hielo, tenía una dentadura postiza con hielo. Debajo, se leía: «Ayúdame a festejar mis cincuenta años». En el reverso figuraban todos los detalles, junto con la fecha y la dirección.

–¿Y tu papá aprobó eso? –le pregunté.

Ollie asintió.

–Cuando termine la escuela, quiero estudiar diseño o publicidad. –Se puso detrás de mí y miró por encima de mi hombro–. Está buena, ¿no?

Asentí, sin saber qué decir. Sólo tenía conciencia de la proximidad de Ollie y su respiración suave contra mi cuello.

–Entonces, ¿vendrán? –preguntó Lia.

–Claro –respondió Becca, mirando directamente a Ollie, que se acercó y la rodeó con un brazo. Becca se puso muy colorada y, como yo, de pronto no supo qué decir.

–Y tú, Cat, ¿vendrás? –preguntó Ollie.

–Claro que sí –respondí–. Si mi papá me deja.

–Oh, practiquen una canción –pidió Lia–. Siempre tenemos nuestro show de talentos, en el que cualquiera puede subir al escenario y hacer lo que quiera. Me pareció una excelente oportunidad para mostrar la banda.

–¿Qué banda? –preguntó Ollie.

–Nos llamamos Corazón de Diamante –respondió Becca.

–Buen nombre –dijo Ollie.

—Se le ocurrió a Cat —le informó Becca, recuperando el habla—. Principalmente cantamos sobre una base instrumental, pero a veces escribo letras.

Dios mío, pensé de pronto, al recordar la última letra que había escrito: *Ollie, Ollie, eres mi paraguas, me proteges cuando llueve.*

—Corazón de Diamante —dijo Ollie—. Lo pondré en la lista de mamá. Está armando una especie de programa para que todo el mundo sepa cuándo le toca actuar.

Luego me miró profundamente a los ojos.

—Estoy ansioso por ver tu actuación —dijo, con tono intencionado.

15
Un hada madrina

–¿Qué estás haciendo? –preguntó Emma, al encontrarme con la cabeza dentro del armario y toda mi ropa desparramada en el suelo.

–Es un desastre, Em –le dije–. Me invitaron a una fiesta y no tengo nada que ponerme. Necesito algo muy especial.

Emma se acurrucó en la cama de abajo.

–Necesitas un hada madrina. Como la Cenicienta.

–No conoces alguna, por casualidad, ¿no?

Emma meneó la cabeza, luego fue a uno de sus cajones y sacó una diminuta malla azul.

–Si quieres, puedo prestarte esto.

–Gracias, Em, pero creo que es un poquito pequeña.

Tanto Becca como Lia habían ofrecido prestarme algo suyo y había tenido una sesión en la casa de cada una, revisando el vestuario, pero no era de mi talle. Cuando me probaba la ropa de ellas, se notaba que no era mía. Becca mide 1,70 m y yo no llego a 1,60 m. Sus vestidos me van grandes. Lo mismo pasa con Lia; ella mide 1,67 m pero es delgada y tiene poco pecho, de modo que su ropa me ajustaba por arriba y era muy larga abajo. Empezaba a pensar que, después de todo, habría sido más fácil ir como mesera.

–¿Y tu top plateado? –preguntó Emma–. Es bonito.

–Está un poco menos bonito desde que Luke lo lavó con sus cosas de fútbol. Además, necesitaría algo que combine. Siempre me lo pongo con jeans para la discoteca de la escuela, y a esta fiesta no puedo ir en jeans.

–Pídele a papá algo nuevo.

–Ya lo hice. Me dijo que me pusiera el vestido que usé el año pasado, cuando fui dama de honor en la boda de la tía Brenda.

Hasta Emma hizo una mueca ante esa sugerencia. El vestido era de un color rosado con mangas abultadas y, cuando lo tenía puesto, me sentía como si debieran colgarme de un árbol de Navidad. ¿Sexy? No precisamente.

Emma volvió a revisar su cajón y sacó su alcancía de *Barbie*. La abrió y me dio dos monedas de veinte peniques.

–Toma, puedes usar todo mi dinero.

Le di un abrazo.

–Gracias, Em. Eres un sol.

Puede ser muy dulce, cuando quiere.

Volví a guardar toda mi ropa y luego bajé a ver la tele con los demás. Me sentía muy desgraciada. Era la primera vez que me invitaban a algo tan elegante. La hermana de Lia, Estrella, vendría de Londres con todas sus amigas modelos; la mitad de los músicos de rock estarían allí, además de la Sra. Axford, que siempre parecía salida de la portada de *Vogue* y, desde luego, Ollie. Y Jade. Sin duda, tendría planeado algún numerito fabuloso, y yo me vería como una empleada doméstica. Estoy segura de que mamá me habría entendido, si hubiera estado aquí. Un padre no entiende la importancia de lucir como una diosa en ocasiones como ésta; al menos, no mi papá.

–¿Por qué quieres dinero para comprar un atuendo que te pondrás una sola vez y luego quedará guardado en el armario? –me había dicho.

No era justo.

Lia y Becca no tenían ese problema. Tenían madres que las llevaban de compras. Lia había ido a Londres con la suya y regresado cargada de bolsas con cosas increíbles de diseñadores famosos, envueltas en papel de seda. Su mamá le había comprado lo mejor: zapatos sexis de taco alto, una gargantilla de strass que parecía haber costado una fortuna y un minivestido de encaje azul pálido. Hasta había comprado ropa interior sexy y maquillaje. Cuando se probó todo junto, parecía una millonaria.

La mamá de Becca también le había comprado cosas nuevas. La había llevado a *Exeter* y Becca había elegido un top negro sin mangas con un adorno de plumas, pantalones ajustados de satén negro y unos zapatos negros altísimos sin talón. Parecía de dieciocho años y muy sofisticada.

Y yo me veía llegando con mi vestido rosado de dama de honor. Sería el hazmerreír. No tiene sentido, pensé, tratando de concentrarme en la tele. No podré ir.

Papá debía sentirse culpable, porque no dejaba de mirarme cada tanto.

–Anímate, querida.

–Mmm –respondí.

–Francamente, Cat, con tu belleza, serás la más linda del baile. No necesitas ropa elegante para destacarte entre la multitud.

–Sí, claro –dije. Realmente no entiendes nada, pensé.

En ese preciso momento, divisé algo en la biblioteca que está detrás del televisor. Apilado con los álbumes de fotos y los libros de jardinería. Eso es, pensé. Mi hada madrina. O algo así.

Esperé hasta que Luke, Joe y Emma se fueron a dormir y papá fue a prepararse una taza de té; luego tomé el catálogo del estante, corrí al primer piso y me encerré en el baño.

Pasé las hojas hasta llegar a la sección de ropa de noche para chicas. La respuesta a mis plegarias, ropa divertida pero elegante: tops con lentejuelas, vestidos con piedras, telas sedosas, pantalones de terciopelo. Fabuloso, fantástico.

Leí las condiciones:

Uno elige lo que quiere.

Hace el pedido por teléfono.

Lo entregan dentro de las cuarenta y ocho horas.

Si no está conforme, lo devuelve.

Sería facilísimo. Faltaban cuatro días para la fiesta. Tenía el tiempo justo. Y después de la fiesta, podría devolver la ropa por "disconformidad". No perjudicaba a nadie. Papá no tenía por qué enterarse. Les había comprado una cortadora de césped en el verano y en la portada del catálogo figuraba su número de cuenta. Facilísimo.

Volví a recorrer las páginas. ¡Había tanto para elegir! Colores increíbles, brillantes, glamorosos, ideales para una chica de mi edad. Deseé que Lia o Becca estuvieran aquí para ayudarme, pero decidí no decirles nada. En una página había un vestido de seda púrpura con un solo hombro. Perfecto. Ese serviría.

Entonces se me ocurrió algo. ¿Estaba haciendo algo malo? En realidad, no era robar, pues devolvería el vestido la mañana siguiente a la fiesta. Pero me invadió la sombra de una duda después de tanto esforzarme por ser sincera. ¿Sería algo malo? ¿Deshonesto? Papá no tendría por qué verlo, de modo que yo no necesitaría mentirle, y Lia y Becca seguramente me entenderían. Simplemente, era un préstamo. No era nada malo, ¿verdad?

El vestido me miraba desde la página brillante. Me quedaría fabuloso. Me lo veía puesto. No hago mal a nadie, me decía, no hago mal a nadie. Y estaba segura de que mi mamá me lo habría permitido, de haber estado allí.

Abrí la puerta del baño, bajé la escalera con sigilo, tomé el teléfono inalámbrico y volví a subir.

Marqué el número antes de que pudiera cambiar de parecer.

16
Empieza la fiesta

—Te ves genial —dijo Lia, cuando salí del baño de su casa.

Fui a mirarme en el espejo del guardarropa.

El vestido era alucinante.

—Pero no estoy muy segura de las sandalias —dije.

No me había atrevido a ordenar también zapatos del catálogo, de modo que tuve que ponerme mis sandalias negras del verano. No hacían juego con el vestido y se veían un poco baratas en comparación con los zapatos sexis de Lia y Becca.

—Podrías ir descalza —sugirió Becca—, como aquella cantante de los años sesenta.

—Sandie Shaw —recordó Lia—. Creo que papá le envió una invitación, pero no sé si viene.

—Descalza con menos de 1,60 m —dije, riendo—. No lo creo; van a pensar que tengo nueve años.

La puerta del cuarto de Lia se abrió y entró una de las chicas más hermosas que yo hubiera visto. Igual que Lia, era rubia y delgada, pero tenía el cabello cortísimo, lo que destacaba sus pómulos a la perfección.

—Ustedes deben ser Cat y Becca —dijo, sonriendo—. Lia me habló mucho de ustedes.

—Y tú debes ser Estrella —respondí—. ¿Alguna vez te han dicho que encandilas?

—Sí —rió, mientras evaluaba nuestro vestuario—. Especialmente los hombres desagradables que creen ser los primeros en tener esa ocurrencia.

Vaya. Mírense, las tres. Cuidado, chicos, aquí hay tres chicas deslumbrantes para elegir: una rubia, una morena y una pelirroja–. Luego miró mis pies y suspiró–. ¿Qué número calzas, Cat?

–Treinta y seis.

–Ah. Perfecto –dijo, y desapareció, pero regresó un minuto después con una caja de zapatos–. Toma, pruébate éstos –prosiguió, mientras sacaba el par de zapatos más divino que hubiera visto–. Regla número uno de cualquier atuendo: que no te fallen los zapatos.

Me entregó un par de zapatos de gamuza color púrpura, de tacón bajo, con una florcita en la punta.

–Son de *Emma Hope* –explicó, y asentí como si supiera quién era *Emma Hope*–. Sexis pero, a diferencia de algunos zapatos de tacón alto, se puede caminar con ellos.

–Y ¿cuál es la regla número dos? –pregunté, mientras me probaba los zapatos.

–Que no te falle la ropa interior –respondió.

–Yo creía que eso era en caso de accidente –intervino Becca–. Mi abuela siempre decía eso cuando éramos pequeños. «Siempre tengan ropa interior limpia por si los atropella un coche.»

–No me refería a eso –repuso Estrella, riendo, y me guiñó un ojo como si yo supiera a qué se refería.

Los zapatos lucían fabulosos. Eran del tono exacto del vestido y, de pronto, el atuendo quedó perfecto.

–«Pues entonces irás al baile», le dijo el Hada Madrina– sentenció Becca.

–La historia de mi vida– le expliqué a Estrella.

Luego de que Becca hiciera su pregunta de rutina («¿Esto no me marca demasiado el trasero?») y de que le aseguráramos que no, nos pusimos un poco de perfume, un toque de brillo labial y estábamos listas para hacer nuestra entrada.

La fiesta estaba a pleno cuando llegamos abajo. Sentía el estómago alborotado por la excitación al observar el ambiente: gente que conversaba y reía, el tintineo de las copas y el sonido de las botellas de champaña al ser descorchadas. La Sra. Axford había iluminado la casa con velas y se veía maravillosamente romántica, bañada en esa suave luz color miel.

–¿Qué es ese aroma tan delicioso? –pregunté a Lia.

–Jazmín. Mamá compró velas aromáticas. Es celestial, ¿verdad?

Asentí. Celestial era la palabra exacta. Todos estaban taaaan elegantes con vestidos de noche y zapatos bellísimos. Al ver a todos aquellos invitados, me alegré de haber comprado el vestido; de no haberlo hecho, habría quedado muy fuera de lugar. Vi a Zoom, filmando de una habitación a otra, y nos saludó con la mano al vernos; luego nos enfocó con la cámara un momento antes de seguir hacia otra parte. Parecía encontrarse en su elemento.

–Voy a saludar a unas personas –dijo Lia–. Vuelvo enseguida, sírvanse lo que quieran.

Becca y yo nos sentíamos tímidas y sorprendidas por todas las caras famosas que había allí. Al principio, nos quedamos cerca de la escalera, tratando de no parecer tan fascinadas viendo pasar a estrellas a quienes sólo habíamos visto en la MTV. Y ahí estaban, de carne y hueso. En la misma fiesta que nosotras.

–Dios mío –dijo–. ¿Ese tipo no es el de aquella banda, The Heartbeats? Me di vuelta para mirar.

–Sí, es él. Bec, creo que no me voy a atrever a cantar delante de toda esta gente.

–Tonterías –replicó Becca–. Es una sola canción y la ensayamos muchísimo. A propósito, ¿no has visto a Jade? Iba a traer la base instrumental.

Un momento después vi a Jade, que venía hacia nosotras entre la multitud. Ella también se veía increíble, con una mini de cuero blanco y una chaqueta con remaches.

–Bien rockera –le dije.

Jade estaba de buen humor.

–Gracias. Y me gusta tu vestido. En realidad, estaba buscándolas. Debemos actuar pronto en el salón verde.

–¿Tienes la cinta? –le pregunté.

–No –dijo–. Ibas a traerla tú.

–No, yo no. Te la di a ti.

–No me la diste.

–Sí te la di.

No quería arruinar la noche con una discusión.

–Miren. Es una canción muy conocida, así que busquemos a Lia y preguntémosle si, por milagro, tiene un CD con esa pista; al menos podremos cantar con el CD.

–Buen plan –dijo Becca, que estaba mirando a Jade con furia.

–Tú ve por allá, Bec –le dije, señalando a la derecha–. Jade, tú busca arriba y yo iré por allá. Nos encontraremos aquí en diez minutos. Luego quizá podamos ensayar una vez más en el cuarto de Lia.

Me daba un poco de timidez caminar por allí sola pero, en cierto modo, era halagador, pues recibía bastantes miradas de los hombres presentes. Eran todos muy viejos, pero aun así era agradable que repararan en mí.

–Te ves muy bien –dijo Mac, sonriendo, al pasar con una bandeja de bebidas.

–Tú también –respondí–. Me gusta cómo te queda ese traje de mesero.

–Muy cierto –ronroneó una señora rubia de mediana edad mientras aceptaba una copa–. Me encantan los hombres de uniforme.

Mac la siguió y me dirigió una cara de incredulidad.

Entré al salón verde, donde ya había empezado el show de los talentos. Una mujer a quien creí reconocer de la televisión por cable estaba cantando y tocando el piano. Era brillante y la multitud aplaudió con ganas cuando terminó. Me quedé a escuchar un momento mientras buscaba a Lia con la vista. Ollie estaba del otro lado del salón y, al verme, se llevó la mano al corazón y me sopló un beso. Me puse muy contenta. Iba a ser una fiesta excelente.

Luego subió al escenario una mujer que cantó una canción de Madonna. Era pésima, realmente horrible, y traté de no mirar a Ollie porque sabía que me reiría. Cuando terminó, todo el mundo volvió a aplaudir con ganas y, cuando la mujer bajó del escenario, oí que le decían: «Felicitaciones» y «Brillante actuación».

Todos somos embusteros, pensé, y a veces con razón. Si alguien le hubiera dicho «Cantaste horrible», le habría arruinado la noche. La reacción de los invitados me confirmó una vez más que había un momento y un lugar para decir una mentira piadosa. Mientras la Sra. Axford anunciaba el siguiente acto, recordé que debía estar buscando a Lia y me obligué a seguir haciéndolo.

Busqué en dos de las salas a la izquierda pero no había señales de ella. Tampoco había rastros de Jade o Becca junto a la escalera, de modo que decidí probar en el estudio del Sr. Axford. Cuando abrí la puerta para asomarme, no había nadie allí, pero me detuve un momento para apreciar el ambiente.

Igual que el resto de la casa, el estudio estaba bañado por la luz de las velas y alguien había encendido el hogar. Era muy acogedor, como uno de esos clubes para caballeros que se ven en las películas, con paneles de madera en las paredes, sofás de cuero oscuro y altas bibliotecas llenas de libros. No pude evitar echar un vistazo a algunas de las fotos enmarcadas del Sr. Axford cuando estaba de gira con su banda, Hot Snax. De pronto, dos manos me tomaron por la cintura y me empujaron con suavidad hacia el interior de la habitación.

Ollie cerró la puerta, me tomó la mano y me llevó a uno de los sofás.

–Ven a sentarte junto al fuego, Cat.

Me senté en el borde del sofá; él se sentó a mi lado y se recostó. Se veía muy sexy, y sentada allí en aquel ambiente tan romántico, volvieron a invadirme todos los sentimientos que había estado reprimiendo.

–Al fin solos –dijo, volviendo a tomar mi mano.

–Pero no estamos solos –bromeé, nerviosa–. Hay muchísima gente.

Rió y me rodeó con el brazo.

—Ya lo sé. Pero no hemos podido conversar como se debe en mucho tiempo. Desde aquel día en la playa.

Me alejé un poco de él, pero volvió a acercarse.

—Tranquila —dijo—. No te voy a atacar.

Sonreí. ¡Qué nerviosa estaba! Me sentía tonta, como una chiquilla inmadura. No quería que pensara que era inexperta o una monja, de modo que no volví a apartarme. Además, me agradaba. Me gustaba la sensación que me provocaba siempre que estaba cerca. Calmada y caótica a la vez.

—¿Alguna vez te dijeron que tienes una boca hermosa? —preguntó, con la mirada fija en mis labios.

Meneé la cabeza y traté de pensar en algo gracioso que contestarle, pero era demasiado tarde: se inclinó y me besó.

Al principio iba a apartarlo, pero me agradaba mucho. Él besaba muy bien: con suavidad y firmeza a la vez. Justo cuando me atraía más aún hacia el respaldo del sofá, se abrió la puerta.

—Lo siento. ¡Oh! ¡Eres tú! —exclamó Becca, muy pálida, cuando nos vio. Luego salió corriendo y dejó la puerta abierta.

—Cielos, debo irme —dije a Ollie, que pareció desconcertarse cuando lo aparté de un empujón y corrí detrás de Bec.

La busqué por todas partes con desesperación, pero parecía haberse esfumado.

—¿Has visto a Becca? —pregunté a Lia, que estaba conversando con Mac en la cocina mientras él reponía las bebidas en su bandeja.

—La vi subir —dijo Zoom, a quien vi de pronto tendido debajo de la mesa.

—¿Qué haces ahí abajo? —le pregunté.

—La Sra. Axford me pidió que filmara la fiesta desde todos los ángulos —respondió—. Lo bueno, lo malo y lo feo.

—Hummm —dije, dirigiéndome a la puerta—. Hablando de malo, no han visto a Jade, ¿verdad?

–La vi entrar al estudio –respondió Mac.

No pude resistirme. Tenía que ver si Ollie seguía allí y si Jade estaba haciendo su rutina de «Soy de cualquiera pero especialmente tuya».

Recorrí el pasillo con sigilo, abrí un poco la puerta y espié hacia adentro. Se me detuvo el corazón. Efectivamente, Ollie seguía allí. Y estaba besando a Jade. Sentí como si me hubieran dado un puñetazo en el estómago y trastabillé, atónita. Oh, Dios mío, así debe haberse sentido Becca. Y todo por un chico estúpido que sólo quiere besarse con alguien, no importa quién. ¡Diablos! ¡Era rápido! ¿Cómo había podido ser tan ingenua como para creerme especial? Lia me había prevenido, y me había hablado de todas esas chicas tontas que pensaban que lo cambiarían.

Corrí hasta la cocina y encontré a Zoom filmando desde encima del refrigerador.

–¿Esa cámara tiene reproducción instantánea? –le pregunté.

Asintió.

¿Puedes filmar algo o, mejor dicho, a alguien por un momento? Pero que no te vean.

Zoom volvió a asentir y bajó de un salto.

–Me gusta filmar en secreto; da interesantes resultados. Adelante, yo te sigo.

Regresamos al estudio en puntas de pie y, una vez más, abrí la puerta para que Zoom pudiera meter la cámara.

–Ah, ahora te entiendo –dijo, al ver que aún seguían en el sofá. Filmó unos segundos y luego retiró la cámara.

–¿Quieres, por favor, mostrarle eso a Becca? Quiero demostrarle que Ollie persigue a cualquiera y que no vale la pena estar enamorada de él.

Zoom me miró con atención.

–De acuerdo. Pero ¿tú estás bien, Cat? Pareces alterada.

–Estoy bien –respondí, recordando algo que había oído decir a una chica de undécimo año en la escuela. «Bien», había dicho: B. Boba. I. Insegura. E. Exhausta. N. Neurótica.

Lia nos llamó desde la escalera.

—Bec está en mi baño —dijo—. ¿Quieren subir?

Me volví hacia Zoom.

—Déjame hablar con ella primero, ¿de acuerdo?

—Está bien. —Se encogió de hombros—. Si estás segura de que esto es una buena idea.

Subí la escalera corriendo y entré a la habitación de Lia. Llamé a la puerta del baño.

—Bec, soy yo. ¿Puedo pasar?

—Vete —dijo.

—Por favor, Bec.

—VETE. No quiero hablar contigo.

—Pensé que querrías saber que ahora Ollie está besándose con otra allá abajo.

Silencio.

—Está besándose con Jade.

Silencio.

—Becca. Sólo quiero que sepas que él no vale la pena. No quise besarlo. Estaba buscando a Lia y él me empujó al estudio y me besó, justo cuando tú entraste.

Silencio.

—Él dio el primer paso.

Más silencio.

—Oh, por favor, Becca. No vale la pena pelearnos por él.

Oí destrabarse la puerta.

—¿Cómo sé que no lo estás inventando?

—Espera aquí.

Salí al corredor y llamé a Zoom.

—Reproduce el video, Zoom.

Zoom hizo lo que le pedí y mostró la escena que acababa de filmar. Becca la observó y luego me miró.

–¿Zoom sabe lo que pasó antes? –preguntó.

Sentí que se me aceleraba el corazón. Por favor, no digas nada, pensé. Ahora no. No de esta manera. No sería justo para Zoom.

–Hace mucho que estaba detrás de Ollie –prosiguió Becca–, desde que fuimos a Rock y quién sabe cuánto tiempo antes.

Quise morirme.

–Jade es una cerda. Sabía que me gustaba Ollie, pero ni siquiera me dio una oportunidad. Que tengan suerte.

De pronto, enlazó su brazo con el mío y sonrió.

–Son el uno para el otro.

–Esa es la actitud –dijo Zoom–. Te felicito, Becca. Tienes razón: si no se fijó en alguien tan fabulosa y divertida como tú, olvídate de él. Bueno, debo irme, tengo más gente que filmar. –Se llevó la cámara al ojo y filmó el dormitorio un momento–. Hasta luego.

Cuando se fue, miré a Becca.

–Lo siento mucho, Bec.

Becca se encogió de hombros.

–¿Besa bien?

No quise mentirle, de modo que asentí.

Becca volvió a encogerse de hombros.

–A veces se gana, a veces se pierde. Hace semanas que estoy obsesionada por él y apenas me ha mirado. Y Lia me advirtió que era así. No dejaré que me arruine la noche. Y, para serte sincera, ya empezaba a cansarme de pensar en él. Los amores no correspondidos no son lo mío.

La abracé con fuerza.

–Eres mi mejor amiga, Becca. La mejor de todas. Y lamento muchísimo haber besado a Ollie.

–Yo también. Pero tienes razón, no vale la pena pelearnos por él, ¿verdad? Me sentí muy mal ahí sentada en ese baño.

Volví a abrazarla.

–Hace años que somos amigas, Bec; es importante que no dejemos que nada se interponga. Los chicos vienen y van, pero los verdaderos amigos siempre estarán.

–Sí. Y Lia nos previno sobre él. Creo que no tienes la culpa de que le hayas gustado.

–Yo, Jade y medio mundo –repuse.

–Sí, quizá. Pero esta noche no pienso cantar con Jade.

–Me parece bien. De todos modos, no quería hacerlo. Aunque… sí podríamos hacer un acto de arrojar cuchillos.

Becca sonrió.

–¿Con Jade como blanco?

–Exactamente.

Becca se peinó el cabello que, por una vez, le había quedado lacio y liso, y se volvió hacia mí.

–Olvidémonos de él, ¿sí? Los chicos no valen la pena.

–De acuerdo –respondí–. Los amigos valen mucho más. –Me acerqué a ella frente al espejo y empecé a cantar: «*El amor duele, el amor deja cicatrices…*»

–«*El amor lastima y destruye*», cantó Becca a su vez, y reímos.

Lia entró y nos encontró tiradas sobre la cama, riendo a más no poder.

–¿Qué ocurre?

–Acabamos de decidir que los chicos apestan –dijo Becca.

–Incluido mi hermano –agregó Lia.

–Te rompen el corazón –suspiré.

–Muy cierto –dijo Lia–. Vayamos entonces a hacerles lo mismo.

Nos retocamos el maquillaje y el peinado y salimos al segundo round.

Nos dirigimos a la cocina, que es donde parecían estar casi todos los chicos, atracándose de bocaditos y de canapés como si nunca hubieran comido.

Qué alivio, pensé, al ver a Becca entablar conversación con Mac y luego reír por algo que él decía. Todo va a estar bien. Nada podría ser peor que lo que había pasado media hora antes.

–Voy a tomar un poco de aire –dije, mientras abría la puerta y salía a la terraza.

Una vez afuera, me recosté contra la pared y levanté la vista hacia las estrellas. Me sentía triste. Si bien había actuado como si no me importara, aún me dolía haber encontrado a Jade con Ollie. Había creído que teníamos algo especial y que él sentía lo mismo por mí. Ja.

Qué gran lección, pensé. Enorme lección. No todos los chicos son como Zoom, confiables y fieles. Si confías en el chico equivocado, terminas lastimada. Qué ingenua había sido.

En ese momento, Max y Molly se percataron de mi presencia. Seguramente los habían sacado al jardín para que no importunaran a los invitados. Saltaron a mi alrededor con su entusiasmo habitual y traté de apartarme antes de que me ensuciaran con sus patas embarradas. Abrí la puerta para volver al interior, pero fue demasiado tarde: Molly atrapó con la boca el dobladillo de mi vestido y, cuando intenté entrar, oí un sonoro desgarro.

17
Decir la verdad

—No soy una mentirosa –dije–. Una persona mentirosa es alguien que miente. Mucho. Y yo no soy así. ¿O sí? Ay, no lo sé. He tratado de decir la verdad, toda la verdad y nada más que la verdad, pero eso no me llevó a ninguna parte... En realidad, sólo logré que me castigaran. Y ahora esto. Siento que me están castigando otra vez. No puedo hacer nada bien.

–¿Qué te pasa, Cat? –preguntó Mac–. Lia me dijo que te trajera una bebida y te levantara un poco el ánimo. ¿Qué problema tienes?

Yo estaba en el cuarto de Lia, vestida con su bata y tratando con desesperación de remendar el vestido. Señalé el desgarro.

–Esto es el problema. No, yo soy el problema. No. Todo es el problema –respondí–. La vida es un problema, Mac. Primero este estúpido vestido. Luego Zoom y Ollie y Becca y...

–¿Qué pasó con Becca?

–Que le gustaba Ollie, pero él me buscó a mí, y después a Jade. A esta altura, probablemente ya estuvo con la mitad de las chicas de esta fiesta.

–Ehh. Espera un momento. ¿Le gustaba Ollie? –preguntó Mac–. ¿Le gustaba, en pasado? ¿Estás diciendo que ya no le gusta?

–Creo que ha visto la luz.

–¿En serio? ¡Excelente! –Mac sonrió, dando un puñetazo al aire–. Lo siento, ¿qué decías? ¿Cuál es el problema?

–Yo. Yo soy el problema. Soy una mentirosa.

Ya no me importaba quién lo supiera. Estaba harta de vivir entre sombras creadas por mí misma. Quería poder hablar con mis amigos como antes. Contarles todo. Reír con ellos. Hablar de lo que estaba pasando.

–¿Que eres una mentirosa? –repitió Mac, confundido–. ¿Sobre qué?

–¿Cuánto tiempo tienes?

Mac miró su reloj.

–Cinco minutos –respondió, riendo–. Estoy en mi descanso.

–De acuerdo. Éste es el problema, o parte de él. Ollie. Me gusta. De verdad. Sé que es una tontería y que es un conquistador, un rompecorazones, pero es lo que siento. Y sé que se me tiene que pasar. Pero no es tanto eso lo que me tiene mal. Bueno, sí, pero no.

–¿Qué es, entonces?

–Detesto no poder contarle todo a Bec. Estoy cansada de tener que enfrentarlo todo sola. Bec y yo nunca tuvimos secretos, y es la primera vez que le oculto algo. Todo por un imbécil. Ollie. Que está allá besándose con tu estúpida hermana.

–Típico de Jade. –Mac sonrió–. En realidad, ya no está con ella. Está en la cocina hablando con una chica de Londres y Jade está por ahí, con cara de disgusto.

–Lo tiene merecido –dije–. Ahora sabe lo que sentimos nosotras. Becca se enojó porque antes me besó a mí. Bec ya se repuso porque dijo que los amores no correspondidos no son lo suyo y que está harta de pensar en él. Pero ¿y yo? Yo no me repuse. Me siento horrible. Becca es mi mejor amiga. Uno tiene confianza con su mejor amiga. Quiero decirle la verdad.

El rostro de Mac se entristeció.

–La verdad puede complicar mucho las cosas. Créeme, lo sé. ¿Sabes por qué se separaron mis padres?

Meneé la cabeza mientras seguía cosiendo.

–Por la verdad. Por eso se separaron. Papá tuvo una aventura cuando vivíamos en Londres. Se lo contó a mamá y, de un momento a otro, ella empacó nuestras cosas y nos mudamos aquí. Él dice que fue una tontería. Una sola noche. Que no significó nada. Ni siquiera sabe por qué lo hizo. Sintió que tenía que ser sincero con mamá y con nosotros, y mira cómo terminamos. Ella no quiere hablarle. Así que basta de verdad. Creo que si papá no hubiese abierto la boca, todos estaríamos aún felices, viviendo en Londres, y yo no habría tenido que dejar mi escuela y a todos mis amigos.

–Lo siento, Mac. No sabía lo que había ocurrido.

–Si mamá no se hubiese enterado, no le habría dolido.

–Tal vez –dije–. Pero en un caso así, es difícil. Es decir, si yo estuviera casada creo que me gustaría saber si mi marido me engaña. ¿A ti no, si estuvieras enamorado?

–Supongo que sí –admitió Mac con fatiga–. Pero no vivía engañándola, ¿entiendes? Créeme, está muy arrepentido. Cada vez que voy allá, me pregunta si ella lo perdonó.

–Debe ser muy difícil para ti, Mac –dije–. Será horrible estar en el medio.

–Él nunca debió decir la verdad –concluyó con amargura.

Pensé en eso. No quería decir demasiado pues me daba cuenta de que a Mac le había costado mucho abrirse y no quería que pensara que no lo entendía.

–Sé que piensas que el hecho de que tu papá le contara a tu mamá sobre su aventura fue lo que arruinó las cosas, pero en realidad no fue eso, ¿verdad? –le pregunté.

–¿Qué fue, entonces?

Vacilé.

–Que la hubiera engañado.

–¿Qué tratas de decir?

–Que fue eso lo que provocó los problemas. No que dijera la verdad. Si no hubiese sido infiel, no habría tenido que confesar nada.

Mac quedó pensativo.

–Sí. Puede ser.

–No lo sé, Mac. Las relaciones son complicadas. Créeme, lo sé. Uno quiere ser sincero, pero no quiere hacer daño a los demás. Conozco a tu madre sólo de vista, y a tu papá, ni siquiera eso. Tal vez, si tu papá tuvo una aventura, las cosas ya no estaban bien.

Mac asintió.

–Tal vez. No lo sé, Cat. Lo único que digo es que, viendo lo que pasó con mis padres, mejor que estés preparada. Contar la verdad puede traer consecuencias desagradables.

Miré mi vestido arruinado.

–Sí, pero también si soy deshonesta. Como le pasó a tu papá. Tener que decir la verdad fue consecuencia de haber sido deshonesto. Obviamente se sentía mal por ello, culpable, y decidió asumir la responsabilidad por sus actos. Al menos, si dices la verdad, puedes dormir por las noches.

Mac volvió a entristecerse.

–Sí. Pero quizá tengas que dormir en otra casa.

Al día siguiente, decidí que había llegado el momento de poner mi vida otra vez en orden. Me levanté, me vestí y salí sin más.

–No tardaré, papá –dije–. Tengo cosas que hacer.

Primero fui al puesto de periódicos y me anoté para hacer el reparto hasta Navidad. Eso significaba levantarme a las seis de la mañana, pero no me importaba. Tenía que juntar el dinero para pagar el vestido. Lia se había ofrecido a cubrir el gasto, diciendo que también era su problema porque los perros eran suyos, pero no acepté. Quería asumir la responsabilidad por mis actos y sus consecuencias. Todas.

Luego fui en bicicleta hasta la casa de Zoom. Por el camino, pensé en los padres de Mac. Pobre Mac. Había salido perjudicado tanto por la honestidad como por la deshonestidad. Eran como dos caras de la misma moneda. Pero pensándolo bien, decidí que prefería saber la verdad. Ocultar la verdad también es deshonesto. Había aprendido que sólo sirve para prolongar el sufrimiento y deseaba haber hablado con Zoom semanas antes.

Zoom tomó su chaqueta cuando lo llamé y fuimos hacia Cawsand Square.

No pensaba esperar el momento ni el lugar adecuado. En ese caso, esperaría toda la vida. Es hora de jugarse, me dije.

–Zoom. Ya sabes que te quiero mucho y espero que podamos seguir siendo amigos. Siempre puedes contar conmigo cuando necesites una amiga, pero este noviazgo ya no funciona más para mí.

–Está bien –dijo.

–¿Está bien? ¿Oíste lo que dije?

–Sí. Quieres que terminemos.

Lo miré a la cara. Parecía estar bien. Ni sorpresa ni lágrimas.

Nada.

–Bueno, y ¿qué piensas tú?

–Que es una buena idea, creo –respondió–. Es un hecho. En la vida hay que evolucionar. Las cosas siguen su curso. Cambian. Evolucionan. Creo que tienes razón: debemos cambiar.

Quedé atónita por su reacción. Más que atónita.

–Pensé que te alterarías.

–No si podemos seguir siendo amigos, Cat. Sí me dolería que no quisieras ser más mi amiga.

Tomé su mano.

–Amigos para siempre, Zoom.

–Bueno, está bien, entonces. –Sonrió–. Yo también estuve pensando en lo mismo. Es que si voy a ser director de cine y escribir mis propios guiones, necesito experimentar la vida. Tener nuevos desafíos, y eso implica nuevas relaciones. Creo que este cambio será bueno para ambos.

–¿Cuánto hace que piensas eso?

–Desde el verano, en realidad.

–¿Por qué no me dijiste nada?

Zoom se encogió de hombros.

–Es difícil separarse. No quería lastimarte. Y una parte de mí se preguntaba si no sería un error. Quiero decir, eres muy especial. Tal vez nunca más encuentre alguien como tú.

¡Lo mismo que había estado pensando yo!

–¿Así que querías decírmelo desde hace semanas?

Zoom asintió con expresión culpable.

–Iba a decírtelo aquella vez que te regalé la pulsera. Quería que fuese una especie de recuerdo de nuestra relación. Pero no encontraba las palabras.

–Te entiendo perfectamente –reí–. Entonces, ¿todo bien?

Volvió a asentir.

–Zoom, pase lo que pase, no importa dónde terminemos ni con quién. Siempre seré tu primer amor y tú, el mío. Nadie puede quitarnos eso.

–Sí –dijo Zoom, y me dio un abrazo de oso–. Cat Kennedy, mi novia de la infancia. Quizás algún día haga una película sobre ti. Ahora vámonos a comer algo. Me muero de hambre.

18
Cat-arsis

A la mañana siguiente, desperté sintiéndome de lo mejor. Llena de esperanza. Todo iba a estar bien.

–Cat. ¿Puedes bajar? –me llamó papá.

Por su tono de voz, me di cuenta de que había algún problema. Me puse la ropa de la escuela y bajé corriendo a la cocina. Papá estaba sentado a la mesa con la correspondencia del día.

–¿Puedes explicar esto? –preguntó, levantando una factura de la compañía del catálogo.

Bajé la cabeza. Mi plan había sido interceptar al cartero y encargarme de la factura, para que no hubiera preguntas. Pero después de mi día maravilloso con Zoom, había dormido mejor que nunca en las últimas semanas. Y me había despertado tarde. No había visto llegar el correo.

–Esteee... –Pensé y pensé buscando la mejor manera de explicarlo.

–Verás –prosiguió papá–, aquí dice que la semana pasada enviaron un vestido. Yo llamé para decirles que no había encargado nada, pero me aseguraron que alguien llamó desde esta dirección.

Respiré hondo.

–Fui yo. Lo siento. No tenía nada que ponerme para la fiesta y cuando vi el catálogo, yo... –Decidí omitir la parte del plan original de devolver el vestido–. Además... conseguí trabajo con la Sra. Daly para entregar los periódicos, para pagarlo.

Papá estaba callado. Hay silencios y silencios, pensé. Y éste no era bueno.

–Puedo explicarte...

–No quiero oír explicaciones, Cat. Francamente, me has decepcionado. Creía haber criado a mis hijos para que fueran honestos. –Luego
agregó, con expresión triste–: Anda, Cat, ve a la escuela. Hablaremos
esta tarde.

Pasé el día de escuela como en una nebulosa. Me sentí aturdida todo
el día, como si no estuviese del todo allí. Pasaron las lecciones, pero
sólo Dios sabe qué dijeron los profesores. Trataba de leer los libros,
pero las palabras aparecían borrosas en las páginas.

–¿Qué te pasa, Cat? –me preguntó Becca en el autobús, mientras volvíamos.

–Nada –respondí. No quería hablar con nadie. Ni siquiera con
Becca. Había decepcionado a mi papá y me sentía horrible–. Deben ser
las hormonas.

–¿Es por lo de Zoom?

–No. Ya te lo dije. Eso no podría haber salido mejor. Siento como si
me hubieran sacado un enorme peso de encima.

–No parece –observó Becca.

Sonreí débilmente.

–Es sólo que me siento un poco deprimida.

–¿Quieres venir a mi casa? Podríamos charlar, escuchar música…

–No, gracias. Papá me dijo que fuera derecho a casa.

–Te llamo más tarde.

Dejé a Becca en la parada del autobús y me dirigí a casa. Pero enseguida doblé en dirección a la playa de Cawsand.

Cuando llegué, estaba oscureciendo, hacía frío y empezaba a llover.
No había un alma en la playa. Fui a mi lugar preferido y, cuando me
senté, el cielo se abrió y empezó a llover a cántaros. No me importaba.
No había nadie y yo iba a llorar mucho.

Una vez que empecé, no podía parar. Habían pasado tantas cosas desde el verano. Haberme sentido alejada de Becca. No poder contarle mis secretos. No tener nada que ponerme para la fiesta mientras mis dos mejores amigas se compraban cosas fabulosas. Luego, el desgarro en el vestido del catálogo. Que Becca descubriera a Ollie besándome. Que Ollie besara a Jade. Tratar de decir la verdad y meterme en problemas con todo el mundo. Tratar de mantenerme cuerda en una casa con demasiada gente. Nadie me aprecia a pesar de todo mi esfuerzo, pensé, mientras afloraban grandes sollozos de dolor. Ser más pobre que todos mis amigos. Tener que compartir mi cuarto con una enana chiflada. Terminar con Zoom. Y que él estuviera de acuerdo en que era una buena idea. Tal vez sabía que yo, en el fondo, era mala y por eso se alegraba de que termináramos. Quizá nadie volvería a querer estar conmigo, nunca más, y moriría sola. Ya no quería seguir siendo yo. Todo el mundo pensaba que yo era muy fuerte y valiente, que sabía enfrentar situaciones difíciles, pero no era así. Ya no lo soportaba. Me sentía patética. Y papá pensaba que no era buena.

Fue como si se hubiese abierto una compuerta en mi interior y estuviesen aflorando a la superficie todas las cosas en las que nunca me había permitido pensar.

Mis pensamientos giraron hacia mi madre y me invadieron los recuerdos. Era después del funeral y la casa estaba en silencio luego de que todos los amigos y parientes recogieron sus cosas y se marcharon. Papá nos había preparado rebanadas de pan tostado con queso y luego había subido a acostar a Joe, Luke y Emma. Como no quería quedarme sola abajo, los seguí al primer piso y entré al baño. Allí, en la repisa junto a la ventana, estaba el frasco de perfume de mamá. Le quité la tapa y rocié un poco del aroma en el ambiente. Me hizo sentir inmediatamente su presencia, pero comprendí que la fragancia se desvanecería, igual que ella.

Entonces me di cuenta de que con toda la prisa y el caos de los arreglos para el funeral, papá había olvidado comprar papel higiénico y no quedaba más. De eso siempre se había encargado mamá.

En ese momento comprendí que ya no tenía mamá. Nadie que nos cuidara. Ella ya no estaba.

Me senté en el retrete y lloré amargamente.

Tantas cosas que nos resultaban familiares desaparecieron con ella: los almuerzos de los domingos, los preparativos que hacía para los cumpleaños y para Navidad, sus palabras de aliento por la mañana los días de examen, el aroma de la comida preparándose, la radio como fondo mientras mamá se ocupaba de todos cuando yo regresaba por la noche.

Luego de ese recuerdo, ya no pude contenerme.

Pensé en toda la gente del mundo que habría perdido a un ser querido y lloré por ellos.

Pensé en todas las malas noticias que había oído últimamente, de guerra en sitios lejanos, y odio, y personas que habían perdido a sus familias, sus hogares y sus empleos.

Este mundo es horrible, pensé. Hay tanto doloooooooooor.

Cuando se me empezaban a terminar los motivos para llorar, una vocecita me recordó, desde el fondo de mi mente: además eres bajita. ¿Por qué no lloras por eso también?

Eso haré, pensé. Por qué no, ya que estoy. Es cierto, soy la más baja de la clase. Y me está saliendo un grano en el mentón. Y el único chico que me gusta de verdad es el Rey de los Rompecorazones.

Me sentía bien allí, sollozando bajo la lluvia, contemplando las olas oscuras que se elevaban y rompían furiosamente en la playa. No sé cuánto tiempo estuve así, pero me sentía una con el mar y la lluvia, un mismo torrente de agua salada.

19
Una mujer honesta

No sé qué hora era cuando reparé en una figura a mi derecha, junto al café. Era un hombre de impermeable con una linterna.

–Cat –llamaba–. CAT. –El fuerte viento se llevaba sus palabras.

Era papá.

Cuando dirigió la linterna hacia la playa, la luz dio sobre mí y se acercó corriendo.

–Cat. Gracias a Dios. Estuve buscándote por todas partes.

Me levantó en sus brazos y me sentí tan segura y querida que empecé a llorar otra vez.

–Papá... –sollocé–. No soy deshonesta. De verdad, no lo soy. Trato de ser buena.

–Vamos, vamos –dijo, mientras me llevaba al coche.

Una vez allí, empecé a sentirme un poco tonta. Y muy mojada.

–¿Cómo se te ocurrió ir allí sola en la oscuridad? –preguntó papá.

–¿Sigues enojado conmigo?

–No, Cat, –respondió, suavemente–. No estoy enojado contigo. Preocupado, sí. Pero no enojado. Llamé a todo el mundo. Becca dijo que te había dejado en la parada del autobús y que venías a casa. Luego llamé a Lia y no sabía dónde estabas. Me volví loco de preocupación.

–Mamá nos traía aquí cuando éramos pequeños.

–Lo sé –dijo papá–. Lo recuerdo.

–¿Cómo supiste que podía estar aquí?

Lia llamó poco más tarde. Había hablado con su hermano Ollie y le habrá comentado que estabas perdida. Él sugirió que te buscáramos aquí.

Quedamos en silencio un momento, y luego papá preguntó:

–¿Estás lista para ir a casa?

Asentí.

–Pero ¿podemos hablar primero? Sólo unos minutos.

–Claro –respondió–. Claro que sí.

–Lamento mucho lo del vestido, papá...

–Yo también. Debí darme cuenta de lo mucho que significaba para ti tener algo bonito para ponerte. Lo siento. No he sido un buen papá últimamente, ¿verdad?

–No. No. Eres el mejor papá del mundo. Pero realmente necesito que sepas que no quise portarme mal. He estado pensando tantas cosas en las últimas semanas. No me creerías. Es muy difícil. A veces, cuando uno es sincero, lastima a la gente. Pero tampoco sirve no serlo. Trae todo tipo de problemas. Aunque a veces sí sirve. He estado muy confundida.

–¿Respecto de qué, Cat? ¿Estás en problemas? ¿Hay algo que quieras contarme?

–Sí. No. Es decir, no estoy en problemas. Salvo contigo. Yo... creo que es muy importante que podamos hablar. Sobre lo que pasa y todo eso.

Papá sonrió con tristeza.

–¿Sabes cuánto te pareces a tu madre?

Meneé la cabeza.

–Me recuerdas a ella en muchos aspectos. No sólo físicamente; también heredaste su espíritu, Cat. Tienes un gran corazón. Ella siempre pensaba en los demás, igual que tú. Y, como tú, siempre me recordaba que debía ser sincero, hablar de las cosas. –Hizo una pausa, como si vacilara–. ¿Recuerdas cuando murió?

Asentí.

–¿Recuerdas que siempre decía que quería saber la verdad? ¿Nada de mentiras? Bueno, voy a contarte algo que nunca le he dicho a nadie.

Acerca de cuando murió. Fue la decisión más difícil que tuve que tomar. Verás, yo sabía lo enferma que estaba. Apenas le quedaban unos meses. Semanas. Yo quería protegerla de la verdad, y también a ustedes…

–Y ¿qué hiciste?

Papá vaciló como si el recuerdo le doliera.

–Estaba muy angustiado, pero un día ella me pidió que le dijera toda la verdad. Quería saber exactamente cuál era su estado para poder prepararse. Me sentí impotente, frustrado; no podía hacer nada. Pero, al final, tuve que respetar sus deseos y se lo dije. Ella era muy valiente, Cat.

–Lo sé. Lo recuerdo.

–No podía darle falsas esperanzas ni detener lo que estaba pasando. En los últimos tiempos, trataba de estar con ella día y noche, pero un día la dejé, sólo por un rato, para ir a casa a buscar algunas cosas. Una muda de ropa, algo así. Luego las enfermeras me dijeron que ella empezaba a perder el conocimiento y que creían que había llegado la hora, pero recobró la lucidez por un momento. Preguntó dónde estaba yo, y la enfermera le explicó que regresaría en media hora. Entonces volvió a quedar inconsciente. Cuando regresé, sabía que no le quedaba mucho tiempo; no pensaban que fuera a recobrar el conocimiento. Pero, de pronto, abrió los ojos, giró la cara y miró directamente hacia mí. Tomó mi mano y murió.

Papá se enjugó una lágrima y lo tomé de la mano.

–Fue como si me hubiera esperado. Quería que estuviera allí cuando falleciera. Y Dios sabe qué importante era para mí estar allí. Más tarde comprendí que, si no le hubiese dicho la verdad y ella no hubiese sabido que moriría, quizás se habría marchado cuando yo no estaba a su lado, y yo no habría podido vivir con eso, Cat. Significó mucho estar allí, a su lado, sosteniéndole la mano cuando murió.

–Yo también me alegro de haber sabido la verdad –le dije–. Me dio tiempo para hacerme a la idea. Si ella se hubiese ido un día, sin que yo hubiese entendido lo enferma que estaba, habría sido peor aún. Mamá no tenía miedo de la verdad. Y yo tampoco lo tendré.

–Tienes razón, Cat. Igual que mamá entonces. Y ahora, lo más importante es que sigamos hablando de todo. Somos una familia y en el mundo hay tanta mentira que no debemos tenerla también en casa.

–Entiendo –dije–. Por eso estabas tan decepcionado conmigo.

–Sólo por un rato, Cat. Ojalá supieras lo orgulloso que estoy de ti en realidad.

Sentí un nudo en la garganta.

–Gracias, papá, y me alegro de que me hayas contado eso sobre mamá. Tú también has sido muy valiente. Estoy orgullosa de ti.

–¿Qué te parece si te llevo a casa? Te pondrás ropa abrigada, haremos una taza de chocolate caliente y luego te prepararé uno de mis platos especiales.

De pronto me di cuenta de que tenía mucha hambre.

–Ehh, ya que nos estamos diciendo la verdad... –Sonreí–. ¿Y si en vez de una cena casera mejor compramos unas papas fritas?

–Excelente idea –respondió papá, poniendo en marcha el motor.

Mientras íbamos a casa, me sentí más cerca de él que nunca en la vida. Y no paramos de hablar. Hablamos de las mentiras aceptadas, como el hecho de decirles a los niños que existen Santa Claus y el ratoncito de los dientes. Mentiras cobardes, mentiras piadosas, mentiras para hacernos comprar algo, mentiras políticas, falsas promesas, y ambos estuvimos de acuerdo en que en nuestra familia no había cabida para nada de eso.

–Al final –dijo papá cuando llegamos a casa–, lo mejor es ser sincero, pero es importante tomar en cuenta los sentimientos de los demás. A veces hay que adaptar la verdad. Pero lo más importante es ser fiel a uno mismo.

–De acuerdo –respondí, volviéndome hacia él antes de bajar del auto–. Entonces, eh, una cosa más. Esteee... Jen. ¿No crees que ya es hora de que hagas de ella una mujer honesta?

Papá rió.

–Puede ser. Quizá lo haga. Eso te gustaría, ¿verdad?

–Me encantaría. Y también a Luke, Joe y Emma. Sabemos que nadie podrá reemplazar jamás a mamá, pero... –Recordé lo que Zoom me había dicho el día anterior–. La vida continúa. Evoluciona. Hay buenos y malos momentos. Alegría y dolor. Mamá no volverá, y creo que ella querría que fueras feliz.

–Mi niñita –dijo papá, sonriéndome–. Ya no eres tan pequeña, ¿eh?

20
Las opciones quedan abiertas

Habían pasado tres semanas cuando nos dieron la noticia.

Yo estaba haciendo mi tarea escolar en mi cuarto cuando entró Luke. Parecía un poco preocupado.

–Papá quiere vernos a todos en la cocina ahora mismo –anunció.

–¿Alguien está en problemas? –le pregunté.

Luke se encogió de hombros.

–No lo sé. Se lo ve muy serio. Jen está con él.

Socorro, pensé, mientras bajaba la escalera tras él. Desde mi trágico lamento en la playa, todos veníamos llevándonos mejor que nunca.

Cuando llegué a la cocina, papá, Joe y Emma ya estaban sentados a la mesa. Jen estaba preparando té.

–¿Quieres tomar algo antes de que empecemos, Cat? –me preguntó Jen.

Asentí y traté de evaluar el ambiente. Algo sucedía, pero no lograba distinguir si era bueno o malo.

–Bien –dijo papá cuando todos estuvimos sentados–. Tengo algo que decirles.

Nos miramos, preguntándonos quién habría metido la pata esta vez y por qué nos habían reunido a todos para hablar de eso.

–No se asusten. Son buenas noticias –nos aseguró papá–. Al menos, eso creo. –Luego sonrió a Jen–. Dos cosas. La primera: he pedido a Jen que se case conmigo y ha aceptado.

–¡Viva! –exclamó Joe, y Jen sonrió con timidez.

–Probablemente nos casemos en primavera...

–Increíble –dije, y grité–: ¡Vivan los novios!

Los otros se sumaron:

–¡Vivan!

–Espero que Cat y Emma sean mis damas de honor –dijo Jen, mirándonos a las dos.

–Claro que sí –respondió Emma, y luego puso carita de preocupación–. No tendremos que ponernos vestidos rosados como ese horrible que tiene Cat, ¿verdad?

–No –dijo papá, y me guiñó un ojo–. Pueden ir a Londres con Jen y elegir ustedes mismas los vestidos.

–¡A Londres! –exclamé–. Fantástico. Nunca estuve allá. Y ¿cuál es la segunda noticia, papá?

–Bueno, aún no es seguro –dijo–, pero estuvimos pensando en mudarnos después de la boda. Con dos sueldos, tal vez podamos conseguir algo con más espacio.

Delante de él, había una pila de papeles.

–Estuvimos mirando algunos lugares sólo para tener idea de los precios.

Distribuyó los papeles entre nosotros.

Había varias propiedades. Una mostraba una casa blanca en las afueras de Millbrook, cerca de la casa de Becca. Leí rápidamente los detalles.

–Dios mío. Esta tiene un jardín grande en el fondo y tiene cuatro dormitorios, papá. ¿De verdad podríamos pagar algo así?

–Ya veremos. –Sonreía–. Aún tenemos que hacer cuentas. Pero pensé que ya era hora de que al fin tuvieras tu propio cuarto, Cat.

Mi propio cuarto. No podía creerlo.

–Eso no es justo –protestó Luke, tomando el papel.

–Cuatro dormitorios. Uno para ti y Jen. Uno para Cat. Uno para Emma. ¿Y nosotros? No soporto compartir mi cuarto con «pies olorosos»...

–Ah –repuso papá–. Ya pensamos en eso. Si nos mudamos, o mejor dicho, cuando nos mudemos, te compraremos una tienda de campaña para el jardín.

–¡Perfecto! –exclamó Joe.

–Pero... pero... voy a tener frío –dijo Luke.

–Es una broma –aclaró papá, sonriendo feliz–. Yo no te pondría en el jardín, tontito. De todos modos, aún falta un tiempo, pero nunca se sabe; en un lugar así, sólo se necesita un permiso para construir arriba. Podríamos agregar otro dormitorio.

–¡Para mí! –exclamó Joe.

–No, para mí. Soy mayor que tú. Para mí. Dile, papá –insistió Luke.

Papá miró hacia el techo.

–Apenas empezamos a hablar de esto y ya están peleando. Ya veremos a quién le toca qué habitación cuando lleguemos a donde sea que vayamos.

–Yo también tengo una noticia –anunció Emma.

–¿Cuál es? –le preguntó papá, volviéndose hacia ella.

–¡Tengo piojos! –exclamó, con orgullo.

Luke y Joe echaron sus sillas hacia atrás deprisa y se apartaron de ella. Jen se acercó a mirar por entre el cabello de Emma y le hizo una mueca a papá.

–Uno de los placeres que estás aceptando, Jen –le dijo él.

Jen sonrió.

–No puedo esperar... ¿Peinar este pelo plagado de piojos? ¡No veo la hora!

–¿Cuándo nos mudaremos, papá? –pregunté.

–Aún no estoy seguro, Cat. Mudarse cuesta dinero, de modo que tendremos que ahorrar un poco. Pero primero quería hablar con ustedes y, si a todos les parece bien, haremos nuestras cuentas en los próximos meses. Bien. ¿Alguna objeción?

Nadie dijo una palabra.

–Excelente –dijo papá–. Mientras tanto, todas las opciones quedan abiertas.

Un dormitorio para mí sola. Quizá faltaban muchos meses, pero mi cabeza ya estaba llena de ideas para decorarlo. Lia y Becca podrían ayudarme. Estaba ansiosa.

Luego de la conferencia familiar, corrí escaleras arriba a llamar a Becca.

–Es fantástico –dijo–. Ojalá compren la que está cerca de mi casa. Podríamos venir caminando juntas desde el autobús.

–Lo sé. ¿Quieres venir a festejar?

Becca quedó callada, y luego lanzó una risita.

–¿Qué, Becca? ¿Qué ocurre?

–Esteee... Tengo una cita.

–¿Con quién?

–Con Mac.

–¡Con Mac! ¿Y esto cuándo pasó?

–En la fiesta de Lia, más o menos. Fue muy bueno conmigo cuando yo estaba tan nerviosa y me di cuenta de que me gusta mucho. Especialmente cuando se muestra como es en vez de tener esa actitud de que nada le importa. Me llamó varias veces y ahora acaba de invitarme a salir esta noche.

–Entonces, ¿Ollie pasó a la historia?

–Bueno, para mí, sí, Cat.

–¿A qué te refieres?

Becca quedó callada.

–Sé que me gustaba, pero las cosas pueden cambiar de un momento a otro.

–¡Ya lo creo! Casi me volví loca tratando de resolver lo que sentía por él y por Zoom. Mis sentimientos cambiaban todos los días, así que no me hagas empezar con eso de nuevo.

–De acuerdo. Pero sólo quiero decirte una cosa. Me di cuenta de que le gustabas a Ollie apenas te vi con él en Rock, por la manera en que te miraba. Me siento horrible porque me puse celosa y te dije que a mí me había gustado primero. Debí decir algo, pero fui muy egoísta. Lo siento, he sido una mala amiga…

–No, no es cierto. Yo he sido una mala amiga. Siempre me gustó Ollie, pero no quería ponerme en tu camino. Debí decírtelo desde el comienzo…

–Sí, es verdad. Pero no tuviste la culpa de que él se fijara en ti y no en mí, de modo que la mala amiga soy yo.

–No, yo.

–No, yo –insistió.

–No, yo.

–De acuerdo, somos las dos. Muy malas. Pero la verdadera amistad es para siempre y, como me dijiste en casa de Lia, eso vale más que cualquier chico tonto. Pero si quieres salir con él, no me molesta. En serio.

–No... –empecé.

–¿Te gusta él?

–Sí. Pero no sé si querría salir con él.

–Bueno, pero quiero que sepas que, pase lo que pase, conmigo está todo bien.

Cuando terminé de hablar con Becca, llamé a Lia y le conté todas las noticias. Se alegró tanto como Becca por mí.

–Y, Cat, ¿sabes que Ollie sigue preguntando por ti?

–¿En serio?

–¿Quieres que le diga algo?

–Eh –respondí–. En realidad, no.

–¿Prefieres mantener las opciones abiertas? –preguntó.

–Exactamente. Quiero disfrutar de mi libertad por un tiempo. Sin secretos, sin mentiras, sin tener o no tener que decir ninguna verdad. Es genial. Muchas cosas han cambiado desde el verano; es como si empezara un nuevo capítulo. Mi papá se casa, quizá nos mudemos. Ya no tengo novio. ¿Quién sabe qué podría pasar?

–Quién sabe –dijo Lia–. Pero Ollie me pidió tu dirección de correo electrónico. ¿Puedo dársela?

–¿Por qué no? –respondí, con una sonrisa–. Mis opciones siguen abiertas.

Sobre Cathy Hopkins

Cathy Hopkins vive en el norte de Londres con su apuesto esposo y tres gatos. Pasa la mayor parte del tiempo encerrada en un cobertizo al pie del jardín, simulando escribir libros, pero en realidad, lo que hace es escuchar música, bailar a lo hippie y charlar con sus amigos por correo electrónico.

De vez en cuando, la acompaña Molly, la gata que se cree correctora de textos y le gusta caminar sobre el teclado, corrigiendo y borrando las palabras que no le agradan.

Los demás gatos tienen otras ocupaciones.

A Barny le gusta tenderse de espaldas sobre la hierba, a contemplar las nubes y crear poesía. (Lamentablemente, no ha publicado nada, pues ha sido difícil encontrar alguien que traduzca su lengua gatuna, pero él y Cathy no pierden las esperanzas.)

A Maisie, la tercera gata, le preocupaba que Cathy hubiera olvidado cómo es ser adolescente, de modo que se esfuerza por recordárselo. Y lo hace muy bien. No presta atención a nadie y sólo viene a comer, dormir, y cada tanto emite un cansino «Miwhhf» (que significa «qué me importa» en lengua gatuna).

Además de eso, Cathy se ha inscripto en el gimnasio y pasa más tiempo del que le conviene inventando excusas para no tener que ir.

Índice

Otros libros de esta colección

2) Princesa Pop

3) Diosas y plebeyas

4) Luces, cámaras
y... ¡confusión!

¡Tu opinión es importante!

Escríbenos un e-mail a **miopinion@libroregalo.com**
con el título de este libro en el "Asunto".